保山发现之旅丛书

顾　　问：黄　毅　熊清华　杨　连
　　　　　黄玉峰　李新平　蔺斯鹰
总 策 划：许秋芳　郝　琳
策　　划：徐盛兴　和　风　何秉坤
主　　编：许秋芳　王达三
作　　者：王洪波　何　真
摄　　影：何　真　王洪波　焦　强
插　　图：刘　晓
制　　作：浮士薰设计工作室
资料提供：贾志伟　王达三

保 山 市 旅 游 局　编
云南柏联和顺旅游文化发展有限公司

百年绝唱

和顺《阳温暾小引》
一部早年云南山里人的"出国必读"

Feature Story —— A Rare Must-Read Used by
the Mountain-Dwelling Yunnanese of
Old Times Who Wished to "Go Abroad"
From Heshun (Yangwentun)

保 山 发 现 之 旅 丛 书

王洪波　何　真　著

云南大学出版社

目 录

序 1　　　　　　　　　　　　　　　　　　1

序 2　　　　　　　　　　　　　　　　　　3

引　　言　　　　　　　　　　　　　　　　4

百年绝唱——和顺《阳温暾小引》

一部早年云南山里人的"出国必读"　　　　6

"穷走夷方急走厂"　　　　　　　　　　　15

云南人在缅甸　　　　　　　　　　　　　29

女人们　　　　　　　　　　　　　　　　41

楸子开花　游子回家　　　　　　　　　　57

尾　声　　　　　　　　　　　　　　　　71

阳温暾（和顺乡）小引　　　　　　　　　73

生意锦囊　　　　　　　　　　　　　　115

序 1
PREFACE I

许秋芳

保山,总有一首隽永而悠远的老歌萦绕在高山低泊,当都市繁杂的生活过得无比厌倦之时,当风从耳畔吹过,也许会听到这古老的吟唱,这是天籁之音,使心灵湿润的声音,我们听到了保山的召唤。

当我们沿着马可·波罗、徐霞客、杨升庵的脚步走进保山;当我们在穿越布满深深蹄印的"西南丝绸古道"时,侧耳聆听,依稀有马帮悠远的铎铃声响传来;如果站在火山之巅,你会听到来自大地深处的躁动之音;走入乡间村庄的窄巷,深深凝望那些古朴陈旧的飞檐斗拱,时光停顿,然后飞速地朝后掠去,一瞬间,回到数百年前,如烟往事,不期而至。

我们留恋那些古老的路、古老的桥,祖先的脚步在想像和记忆中漫长而坚韧地行走着,哀牢文明的荣耀之光在头顶闪烁,熠熠生辉。直至今日,我们对一切昔日文明的残片都充满敬意。

不只于此,当置身于抗日的战场,或者,从地图上一寸一寸检索著名的史迪威公路,你会看到决战前夕的场景:满山遍野的士兵,义无反顾地冲锋,杀声震野,成千的人倒下了,生命凝固了,托起一个伟大民族的脊梁。

于是去看一看国殇墓园吧,去聆听松山低沉的涛声,去爬一趟高黎贡山,走一程永昌古道,在古镇和顺百年的屋檐下小憩片刻,到火山腹地触摸大地的脉搏……

当你行走在城市街道的时候,喧嚣声中,微风送来另一种旋律,内心深处涌动出真挚的感动,轻轻震颤着,想起保山……

序 2
PREFACE II

郝 琳

去年6月，我到腾冲县和顺古镇旅游。在一个老宅里，被一张非常漂亮的老照片吸引住了。照片上女人的气质和衣着决不亚于20世纪30年代大上海的任何一位明星。我以为是房主人买来的明星照片。不经意地问了一声，主人的回答让我震惊："她是我的奶奶"！在边陲小镇，70年前竟然有这样时髦漂亮的人物？

随着对和顺的深入了解，我的疑团逐渐解开。和顺是明洪武年间中原将士拓边军屯发展起来的。清朝之后，家家户户"走夷方"，到东南亚、南亚和世界各地经商。一代代的财富的积累，成就了著名的侨乡、昔日的"小上海"。古镇建设得十分有特色。这里，可以领略徽派古镇的粉墙黛瓦，可以欣赏江南古镇的小桥流水，还可以看到中西合璧的牌楼、独具特色的洗衣亭、大月台。声震中外的名人如缅甸四朝国王的国师尹蓉，英国女王授予金质奖章的翡翠大王张宝庭，孙中山表彰为"华侨领袖、民族光辉"的寸如东，蔡锷将军的秘书长、讨袁檄文作者李曰垓，毛主席表彰的大众哲学家艾思奇等等，都出自这里。这样看来，这张照片的主人公是和顺人，也就不足为怪了。

和顺的辉煌，得益于"走夷方"——出国经商。《阳温暾小引》是当年和顺人出国经商的必读课本。何真、王洪波两位作家常年在和顺体验生活，以和顺真实鲜活的故事为蓝本，写出了全国热播的电视连续剧《大马帮》，活脱脱展现了中国西部"马锅头"的生动形象。现在他们将《阳温暾小引》以图文并茂的形式奉献给读者，相信又将成为人们了解和顺、研究和顺的向导。

引 言

一首生命的长调　缠绕在悠悠的古驿道上

宝井路　宝石路　生死两茫茫

欲望　激情　向往　男人生活在别处　在远方

家业梦　名利场　拓荒游子无言话沧桑

或许光宗耀祖　或许荒冢夕阳　红颜守空房

百年一曲　千年一脉　尘烟一缕

路也长　梦也长

百年绝唱

和顺《阳温暾小引》
——一部早年云南山里人的"出国必读"

Feature Story——A Rare Must-Read Used by the Mountain-Dwelling Yunnanese of Old Times Who Wished to "Go Abroad" From Heshun (Yangwentun)

当我写下这一串标题的时候，窗外的城市正深深地沉入暮色之中，一切都似乎在片刻间安静了下来，凝成了一块巨大的、色彩斑斓而又略带灰暗的沉寂，时间也仿佛在此时溶入了无边的苍茫……

在时光隧道的某一个段落，同样的时分，也许是同一片云层下，苍烟落照的残阳中，一位老人站在缅甸古都阿瓦的阿摩罗补罗观音古庙前，手摸着那面镌刻着5 000多个中国商人和采玉工人名字的石碑唏嘘不已，仰天长叹；或许他正在曼德勒云南同乡会馆幽暗的客房里，凭窗远眺，把酒临风，凝神遐思；或许他就坐在腾冲和顺的老屋中，在一灯如豆的光影里奋笔疾书，忽儿，他放下手中的毛笔，揉揉有些麻木的脸，就着一碗温热的酽茶，击节长歌……

"自从那　盘古王　分了宇宙
前三皇　后五帝　虞夏商周
周天下　八百载　果算长久
汉高祖　坐天下　四百春秋
　　　……
我中华　开缅甸　汉夷授受
冬月去　到春月　即早回头
办棉花　买珠宝　回家销售
此乃是　吾腾冲　衣食计谋
　　　……"

至今，我不知道这位老人是谁？也无法考证。甚至他是否存在过？在如今也许根本引不起任何学者的注意，但这些作为一种历史的存在已经显得很不重要了，因为他写的不是一部"文章千古事"的华彩的篇章，更不是一本"烛照历史"的重要典籍；而只是用村言俚语、半文半白、或夷或汉、亦庄亦谐的笔调写成的一部告

百年绝唱

和顺《阳温暾小引》——一部早年云南山里人的"出国必读"

Feature Story: A Rare Must-Read Book by the Overseas-Dwelling Yunnanese of Lu Tnes Who Wished to "Go Abroad" From Heshun (Yangwenhai)

诚乡人又易于民间流传的劝世歌谣。作者也仅仅谦逊地将其称为一篇"小引"而已。然而,我们心里却充满着对这位老人的深深敬佩,那是因为据说这本《阳温暾小引》(以下简称"小引")为后人们实录了当时滇西边地的男人从在家乡成长进而出国谋生的种种生活经历;它为我们留下的不光是大怒江以西清朝末年至民国初年的一幅"清明上河图"似的风俗画卷,而且是当年滇西的云南人到缅甸及东南亚谋生的一部"出国必读"。更重要的是,当年的腾冲是被人们认为甩在高黎贡山以西"天界"之外的"极边第一城",著名的和顺侨乡更是西南边地惟一还能听到"敲梆打更"的汉人村庄;"小引"可以使人们清晰地看到:一根连接着黄河、扬子江的长长脐带,如何向这"蛮荒之地"源源不断地输送着"中华传统文化的鲜血"。

那几年,我和我的同伴为滇西古驿道上的这段开放、封闭、再开放、再封闭、近来又逐步走向开放的商贸史所"诱惑";为那座由商帮马队驮来的有着"琥珀牌坊玉石桥"的"翡翠城"神往不已;虽然明明知道那座"窈窕繁华皆玩弄""雄商大贾集如云"的城池在20世纪40年代的"焦土抗战"中毁于一旦,我们仍然被这里夹杂在许多边地少数民族中浓浓的汉文化气氛所吸引,为那些马帮、商号、银铺、珠宝、棉纱、荒冢、古道以及北联长江,西通恒河,南达伊洛瓦底江、湄公河的那驿铃声声的绵绵商道深深陶醉……因为那是一个历经了近40年的闭关锁国、人们急需重新鼓起对外交往的勇气、唤回自信的年代。那些日子,我们在腾冲、瑞丽、畹町、盈江这些口岸几进几出,这首百年里曾传遍了腾冲、缅甸和东南亚云南侨商中的"小引",在

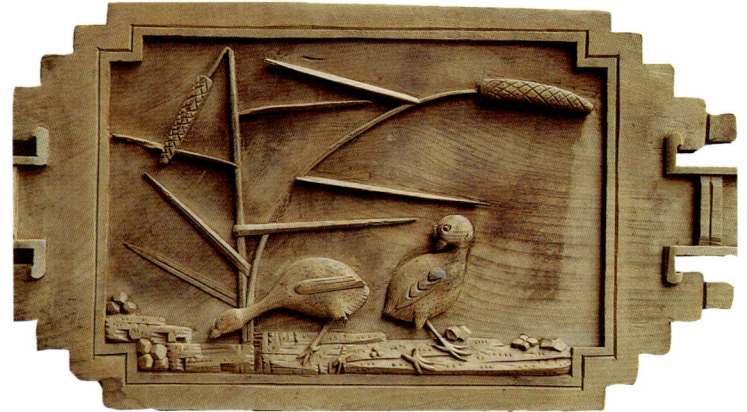

百年绝唱
和顺《阳温暾小引》
——一部早年云南山里人的"出国必读"

和顺乡老街。

双虹桥旧照。

我们的采访过程中时隐时现、时断时续,又和我们若即若离,让人感觉到它似乎存在,又有些缥缈虚空。我们曾反反复复读过在笔记本上记下的那些"小引"的片段,努力猜想过它是个什么样的东西,然而总难"窥"全豹。因为有种说法是,这首"小引"是民间几辈人口口相传的民谣,也有的说,是先有口头承袭,后有文字整理。但"小引"是否有文字记载始终是一团迷雾。后来得知腾冲的侨史专家尹文和先生在缅甸的曼德勒(旧称:瓦城)亲眼见过此文用毛笔写的棉纸手抄本,忙上门讨教,也遗憾地未见到此抄本的面目。但从尹先生那里得知:"小引"开头是《西江月》一阕,末尾有古体诗一首,中间有"五更鼓"散曲20行,正文共790句,呈"三、三、四"

70年前的和顺乡全景。

村前古代的歇脚亭。

10字句型的排列。尹先生还告诉我们：那时在全国的侨乡中，包括广东、福建，有记录的侨商侨史的文字资料寥若晨星，特别是记录华人在那个年代生活实况的文字几近是一片空白，"小引"就更加显得弥足"珍贵"了。

那些日子，"小引"就似一部勾魂曲，吸引着我们在滇西这块熟悉而又陌生的土地上漂泊。

一日，在和顺乡采访，和一位德高望重的老人谈起20世纪初滇西鸦片生产、销售的历史和故事时，老人压低声音神秘地告诉我和同伴，他还藏有一本"吹烟书"。当老人小心翼翼地捧出那本只有线装书一半那样大小、纸张已旧得发黄发脆的用繁体字抄写的手抄本时，当时我们并没有太在意，还以为是一本介绍当年鸦片吸食、贩运的资料，只是随手翻了翻便和老人继续着有关鸦片烟的话题。当晚，在旅馆里整理笔记

再展开这本旧书时,竟发现许多似曾相识句子跳入眼帘。再翻到首页,原来这位老人称为"吹烟书"的竟是一本完整的《阳温暾小引》。体例、句型、编排完全和尹先生介绍的相同。真是"踏破铁鞋无觅处,得来全不费功夫"!我欣喜地到隔壁叫来了同伴,这个发现让我们兴奋异常,我们小心翼翼地翻阅着这本纸都黄得叫人心疼、稍微翻重一点都让人于心不忍的书,而抄本中的内容则让我们大吃一惊!文中从中华的历史,到二十四孝;从母亲养儿育女的操心,到儿子长大后为什么要走出家门到外面去谋生;从出国的路上可能碰到的疾病、野兽、贼寇、水桥舟船,进而讲到腾冲人葬身异域的野坟荒冢;甚至到缅甸之后怎么"找一个门头"落脚,如何学生

意?如何发财?发了财后该什么时候回家结婚生子?有几个兄弟该如何分工出门?详细到回家探亲如何给乡里人带礼物都一应俱全。"小引"中还描写了当时缅甸社会中的一些人情世态,及出门人需要特别注意的"九戒",作者把每一戒的诱人之处和危害之大、后果之惨,都写得淋漓尽致;连腾冲在家的女人该如何做人,也写得详详细细。读着这本书,我一直在想,这本从来没有出版过的土得掉渣的小册子,为什么被海内外的华人一抄再抄?并在百年的时空里在人们中间广为流传?归根到底也许就是两个字:真实。

　　写书的那位老人绝对也没有想到,百年后的我会将他的这部"小引"输入电脑,让一幅幅当年云南侨商的生活场景,让他们生命中欢乐和痛苦的呻吟,引导着我们的心灵走入云南先辈们人生旅程的大山大水之中……■

雨中的荷塘与雨洲亭。

和顺《阳温暾小引》
——一部早年云南山里人的"出国必读"

Feature Story —— A Rare Must-Read Used by the Mountain-Dwelling Yunnanese of Old Times Who Wished to "Go Abroad" From Heshun (Yangwentun)

"穷走夷方急走厂"

"小引"首页所说的"阳温暾村"即腾冲以华侨众多闻名中外的和顺乡。腾冲的汉族和部分回族居民上溯几十辈人,多为从内地征募前来镇守边关的将士、兵勇;明、清两代在滇西设置的所谓"八关九隘",就是那时驻兵的写照。仅从和顺乡现存的八大姓祠堂来看,这些兵源主要来自江南、湖广、江西、四川,有的甚至是西北的陕西。后来因官府为减轻从内地召兵辗转边关的负担,就在当地实行了屯田戍边的"练田制"。村里的老人告诉我们,也许是由

和顺人在路上。

于来自四川的兵士们最早进入和顺,他们看到夕阳照在村前的河里,特别像他们老家川东海裳溪傍晚温和宜人的美丽景色,为了表示对家乡的思念,于是就将这个新建的村落取名为"阳温暾"。后因村落顺河而建又称"河顺乡",清康熙年间取"士和民顺"之意雅仕为和顺乡。

我国近代史中的著名人物民国元勋李根源先生曾有诗这样描述过和顺乡:

"十人八九缅经商,
握算持筹最擅长,
富庶更能知礼义,
南州冠冕古名乡"。

昆明人王灿曾在诗中唱道:

"地甲腾中郡,
人行阿瓦城(今曼德勒),
咸知商贾重,
示觉别离轻,
国史开新馆,
温暾旧得名。"

那么腾冲与和顺乡的人为什么要千辛万苦地

民国元勋李根源在和顺魁阁留影。

跑到缅甸或东南亚甚至印度、巴基斯坦去做生意？以"走"来作为自己的生存方式呢？原因有两条：一是这里自古就是中国连接东南亚、南亚的古商道，历来有经商的传统；二是腾冲本身的田地少，仅靠耕种劳作维持不了日益增多的人口和他们的温饱。

这里有一首传遍千家万户的民谣唱道：

好个腾越州，

十山九无头，

财主无三代，

清官不到头。

歌谣中唱的"十山九无头"，就是说腾冲的10座山峰中有9座是无头的火山口，平地很少，那些交错在无头的火山群峰中能辟为耕地的坝区只占了土地总面积的2.54%。在和顺采访时，一位老人指着村前的那些田地对我们说：这些田里种出的粮食还不够我们腾冲人吃早点的。在《阳温暾小引》中也唱道："吾腾冲 田地少 而且薄瘦"；"不得已 为家贫 不得不走"。在这里有句俗话"过了霜降，各找方向。"意思是说，收完地里的庄稼，旱季来了，男人们就该三五成群地走出家门，找活儿干去了。最直接能挣到钱解决生计的办法就是"穷走夷方，急走厂"。"夷方"，旧时是指国外，对腾冲而言最近的就是缅甸、泰国、印度；"厂"则是指缅甸北部的猛拱、帕敢、抹谷一带的玉石、宝石矿山，也有少数的银矿厂。尽管夷方有蛮烟瘴雨、毒虫瘟疫、兵匪强人，但那时候的腾冲人对"走"总是充满了希望与梦想。一位已掉了牙齿的老人对我们随口念了一首他儿时的童谣：

"走走走，走到缅甸抓卢比，一百缅币换得六十几……"

尽管老人已牙不关风，沟壑纵横的脸已如木雕，当他念起这首童谣时，我看到，在他眼睛深处仍有一簇火花在闪烁。这使我想起许多采访对象都给我们讲到的，一个在当地广为流传的有关尹老爷的故事：尹老爷本名尹其顺，人长得奇丑，少时丧父，家里非常贫穷，自幼就靠帮人割马草、砍柴卖点钱与母亲苦苦度日。一日，他把马草送到一富人院中，这家人看他可怜，就叫女儿送点东西给他吃。小女儿生得清秀水灵，她嫌这小子长得丑陋而且又脏又臭，就捂了鼻子远远地把食物递过去，这尹其顺看着小姐愣了一阵，没头没脑地甩出一句：二天我要讨你做我的婆娘！众人皆笑。后来，长到十三四岁的尹其顺两手空空，拍着花花巴掌下缅甸去了。在

百年绝唱
——和顺《阳温暾小引》一部早年云南山里人的"出国必读"

"民间范本"的主人公尹其顺。

缅甸人们叫他"哥老顺"。他起先倒卖茶叶,后又和森林中的一个部族人相处甚好,就开始收购熊胆、麝香转手倒卖,然后自己开"玉顺兴"经商,终于发了大财回家,盖了大房子,而且果真讨了那家小姐做老婆。关于尹老爷在民间还流传着许多趣事,比如他发了大财当了老爷后仍然穿不惯鞋子,尤其是皮鞋,县太爷请他进城议事,他就把一双皮鞋挂在脖子上,穿着草鞋走到城边,然后到水沟边涮涮脚把皮鞋套上再进城应酬。有关尹老爷的故事我们当时只觉着有趣,以为是民间的传言,一笑也就过去了。后来,读到了尹其顺的墓志铭:少失怙,日事樵苏,母夫人辛苦教养之。年十四之缅从商,始走夷山,未几迫曼德里……想到腾冲人讲起尹老爷兴致勃勃、郑重其事的态度,我才想明白这个真实故事所含有的分量——它其实是一个在民间有着广泛示范作用的话本。它潜移默化地启示着腾冲人:要改变自身的命运;用现代人的话来说,要体现自身的价值,那你只有一条路,就是去走夷方!到外面的世界去闯,靠勤苦去获得能改变自己的一切;即使上辈人是家财万贯的财主,也不能躺在祖辈的家业上坐吃山空,深知"财主无三代"的腾冲人,这才有了"咸知商贾重,亦觉别离轻"的一代又一代、一茬又一茬地向外走的人们;才有了他们不顾生死,不顾艰辛,义无反顾地,上路,上路!

其实"走夷方"的路,常常是一场生离死别,那场景在"小引"中有详尽的描绘:

"古言道　分离事　万般凄愁
数月前　不住的　吩咐勉诱
叫一声　我的儿　细听根由
非容易　抚养你　十七八九
……
一路上　切不可　与人争斗
酸冷物　不可吃　十分忌口
以免得　生疾病　使我心忧

尹其顺旧宅。

百年绝唱

和顺《阳温暾小引》——一部早年云南山里人的『出国必读』

Feature Story —— A Rare Must-Read Used by the Mountain-Dwelling Yunnanese of Last Times Who Wished to "Go Abroad" From Heshun (Xiangguantun)

　　过夷山　要留心　凶恶野兽
　　最要者　要留心　骑马乘舟
　　……"

说到夫妻别离,那些不眠的临行之夜更是缠绵悱恻,令人脖子发僵:

"又讲到　枕边事　夫妻分手
　　……
　枕边上　不时的　珠泪长流
　　……
　你丢奴　去一年　犹如三秋
　堂上的　公婆老　年纪衰朽
　膝下的　儿女幼　谁是管头
　家中事　奴虽然　粗知好丑
　纵能为　奴终是　一个女流
　自古道　一夜恩　夫妻情厚
　百夜恩　好一是　海样情由
　说不尽　结发情　……"

和顺乡的张孝仲先生告诉我们,出门的前两天,家中的气氛更加凄凉,按常例,头一天要到村内的中天寺烧香,烧一串元宝纸火,求观音菩萨保佑一路平安,无灾无病;有的还要抽签卜卦,聆听僧人教诲。临行前一清早,全家人一起到财神殿(这种财神殿腾冲许多村子都有),拜祭财神爷,祈求财源广进,一本万利,兴旺发达,能赚了钱回来,兴家立业,过上殷实的日子。如果愿望得以实现,今后一定要来还愿,那就是除了敬香放炮竹以外还要给财神爷唱一台大戏,以谢庇佑之恩。我们那年去走访的时候,财神殿对面的戏台依然还在,虽然已有些破朽,但仍可想见当年热闹兴盛时的情景。祭完财神,家人亲友已经在殿内的偏房里摆下了送行酒,酒席上又是一番千叮咛万嘱咐。此后,就在财神殿前上路。家境好点的，亲人将你扶上马，以示最后扶你一把，从此后就靠你自己闯天下了。那块被磨得油光闪亮的上马石，至今犹在财神殿前，见证着那些离别的眼泪和辛酸。从这里走出去不远，就是当年出门人叫的"隔娘坡"了。"小引"中对这段情境这样唱道：

"起身时　在堂中　忙忙叩首

一家人　话难说　气哽咽喉

抛父母　别妻子　吞声独走

众亲友　同送到　官坡路头

（即财神殿外的山坡，又叫隔娘坡）

官坡头　好一似　阴山背后

过此地　把家乡　一概全丢

……"

走夷方的路，有丛林中的虎狼蛇蝎、蚂蟥毒蚊、哑泉毒水，有占山为王的官兵、土匪和有时很难以沟通的野蛮部族，一路上小心翼翼，风餐露宿，前途未卜。明代状元杨升庵被谪贬到云南时曾写过一首《宝井谣》写采玉的人们从永昌府走夷方的过程，能让我们想像当时的情景：

"君不见，永昌（今保山）城南宝井路，

七里亭前碗水铺。

情知死别少生还，

妻子爹娘泣相诉。

川长不闻遥泪声，

但见黄沙起金雾。

潞江八骞瘴气多，

黄草坝连猛虎坡。

编茅编野甘蔗寨，

崩碛浮沙辗转河。

说有南山牙更恶，

柏头漆齿号蛮莫。

光摇夏灯与孟连，

哑瘴须臾无救药。

……

红藤缠足诏法友，

金叶填牙缅甸王。

回首滇云已万里，

宝井前瞻犹望洋。

……

慎（杨慎，杨升庵名）时谪戍金齿，

目击情景已伤之也。"

杨升庵诗中所说的"瘴气""哑瘴"是"走

和顺乡的财神殿。

财神殿中的古戏台。

夷方"路途中的热带疾病,按马锅头的说法又统称这些为"夷毒"。他们解释"哑瘴"是热带丛林中一种彩色的毒雾,是由热带众多的毒蛇、蜈蚣、毒蜂、毒蝎等毒虫的口涎、尿液等排入泥土里,再经灼热的太阳蒸腾而形成的;人一旦遇上了就会发一种难以治疗的瘟病(按现代医疗科学的分析,也许是疟疾、回归热、钩端螺旋体、恙虫病)。这当然是那时人们科学知识比较落后的一种说法,却也反映出走夷方路途中的一种风险。

而更多的艰难却是异域人地两生、人身安全朝不保夕的担忧和焦虑:

"最凶险　过夷山　时刻担忧
　　　　……
动不动　就放枪　就使牙戈
　　　　……
也有那　围困到　数日之后
粮米尽　只饿得　口水长流
受饥饿　受风霜　面黄皮瘦
到八莫　又焦着　过水乘舟
怕的是　船只小　木头腐朽
又焦着　投江边　遇着漂流

"又焦着　过大坡　躲着贼寇
半夜里　不提防　来把人谋
世上的　凶险事　虽则广有
自古道　三分命　骑马乘舟
性命儿　交与天　无容自守
身子儿　好一似　水上萍浮
……"

翻身、发财、衣锦还乡、成家立业，全靠了一个"走"字，世世代代的腾冲人对"走"充满了期待和梦想，正是在这份期待的驱使下，"走"成了那个时代的腾冲人的一种生存方式。90年代初，担任腾冲县副县长的钏本蓁老家在和顺上庄，爷爷钏注东是个文盲，家境苦寒。13岁时，钏注东的母亲编了一担草鞋给他，告诉他，

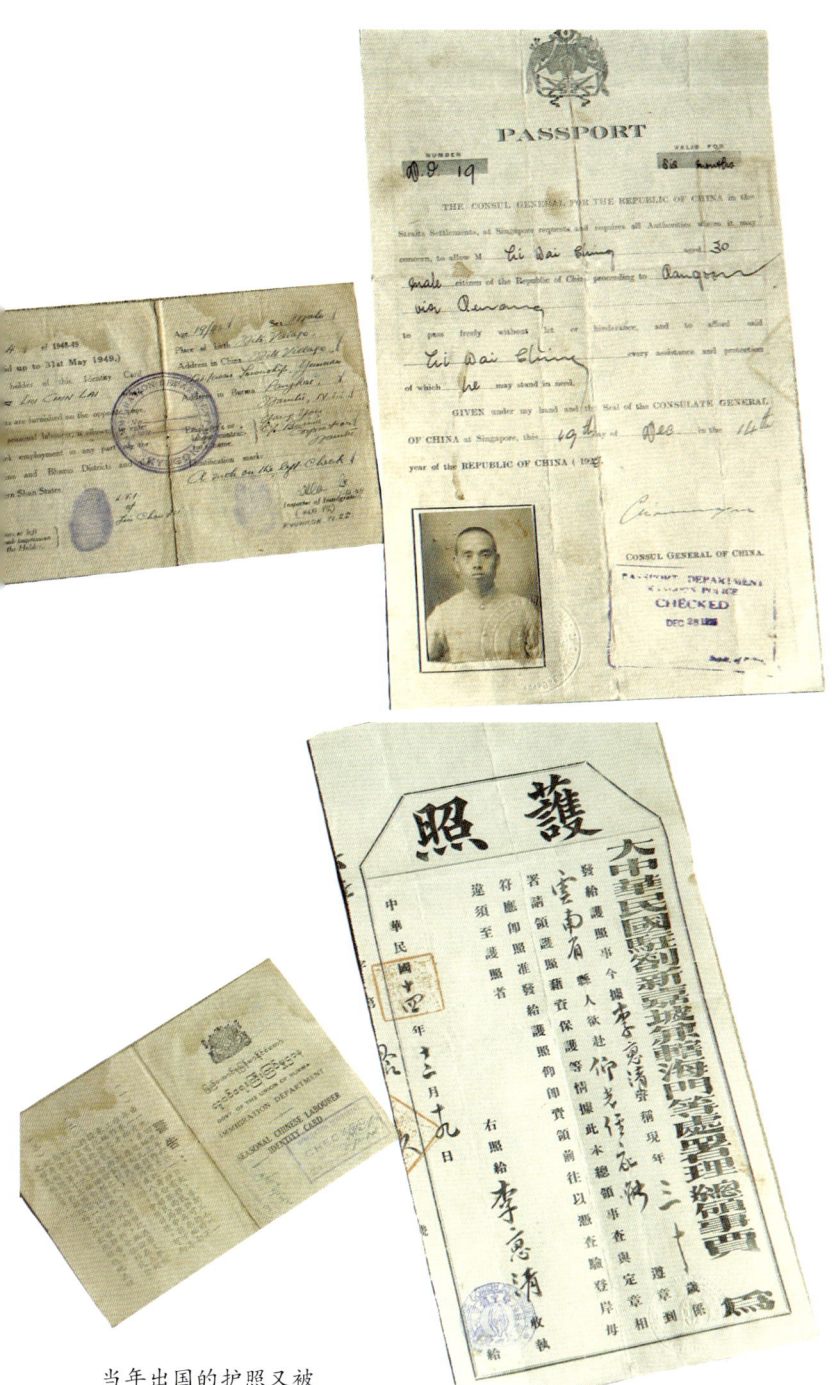

当年出国的护照又被和顺人称为"马帮丁"。

是男人10多岁就该上路了。钏注东挑着这担草鞋跟着过路的马帮走上去夷方的路。一路上渴了喝点溪水,饿了就取下一双草鞋跟脚夫、马锅头换点食物充饥,终于走到了缅甸。经八莫抵瓦城,在人家店里当佣工伙计10多年,省吃俭用攒下一点小本,便开始"吹地灰"(摆地摊),卖点零星杂货;又经多年积攒终于盘下了一间小店,卖纸和颜料。数年后回腾冲讨得小西村陈氏为妻,陈氏在家编篾帽、缝蓑衣、种果树、养儿育女,钏注东又重新上路。陈氏生得5子,5个儿子稍读了点书后,10多岁又先后到缅甸接手钏注东的商店,钏注东则告老还乡。钏本寨的父亲叔伯们因读过书到缅甸后又自学了缅文、英文,把自家的小店改为了"文瑞记"商号。一战期间他们把握了商机,主要经营泊来品,又把国内的土特产运往缅甸销售并兼做玉石生意,到辛亥革命后,资本已有缅币30余万盾。二战当中,缅北被日军侵占,腾冲沦陷,"文瑞记"全部财产毁于战火;腾冲光复后,钏本寨的父亲重振旗鼓,再下缅甸创业。1948年,钏家的第三代钏本寨的哥哥和弟弟均在10多岁时像爷爷一样先后上路"走夷方",哥哥钏本蕃在缅甸打下基础后,又南下泰国,成就家业;弟弟钏本璋由哥哥资助在仰光大学毕业后,赴美国半工半读,数年后获得麻省理工学院石油化工博士学衔。

钏家几代"走夷方"的经历,不过是腾冲人生存的一个缩影,在腾冲城、在和顺乡、在绮罗乡,80%以上的家庭都有"走夷方"和"走厂"的经历。1950年前,一个腾冲县的旅缅华侨就有30余万人,(已入缅籍的、华裔和已回乡的不计算在内。)而且遍及整个东南亚地区。据史料记载:1835年仅八莫一地,八莫共2千户人,华

人就占了1 200余户，人口1万数千，云南人居其大半。而在缅甸的古都曼德勒，云南的旅缅华侨修起了云南同乡会馆，前后三进大院，飞檐斗拱，气势雄伟，并设有"孔圣殿""关帝庙""观音殿"；据称这是东南亚最大的华人会馆。会馆里设有"养病房""施棺会"，一时找不到工作和有病的云南同乡可以住在会馆里，食宿分文不取。死了无力安葬的，可以到"施棺会"免费领到棺木。可以想见当时腾冲人"走夷方"的规模。

这时，我想起一位朋友不久前给我谈起的近来国际上流行的"生物可容量理论"，最通俗的解释是：任何一片土地对生物的承载量都是有限的，当一片土地的生物容量达到极限时，那块地方的发展就开始呈下滑趋势；当生物容量在二分之一时，那块地方的发展就呈最好状态。

腾冲地少人多，如果所有的人都守着这有限的田地，不管怎么勤勉，发展必然受限制，而"流动"可以在有限的土地上实现最大的发展。在百年前"小引"的作者就向他的同乡们献策：

"吾腾冲　田地少　而且薄瘦

有一个　好方法　献于同俦

两兄弟　分一人　往外游走"

"小引"虽然语言直白朴素了点，可这不正和我那位朋友谈起的新潮理论不谋而和吗！联想到近年来国内的"民工潮"，而在这"民工潮"中又数人口最密集的重庆、四川最为"汹涌"，这些历史和眼前的现实不是很令人回味吗？

在和顺乡有位寸姓老人告诉我，这个村前还有条大道叫"报捷路"，他走夷方时家里的老辈就指着这条路告诉他："在外发了财的，取了功

名的人，将来就可以从这条报捷路上光光彩彩体体面面的回家；挣不出名堂的，无脸见人，只能天黑了以后从山后的小路偷偷地摸进家门。在外边，你随时要想想你二天到底咋个回来法。"所以"小引"中也有"出门时 门坎低 容易行走 进门时 门坎高 实在含羞"的咏叹。

腾冲人把那种贪妻恋子不愿出门、不敢"走"的男人，称为"嘎人"（意即窝囊废、无出息之人）。寸氏家族曾有个叫寸品生的，自恃考了个秀才把自己算做个有身份的人，逢人便说：我是个有顶子的人！以此作为不出门的理由，媳妇就把他的顶戴蒸在甑子里，到吃饭时就端出来摆在他面前，寸品生无可奈何只好起身去了缅甸八莫。

"走"也意味着一种精神上的断乳，这使我想起，在地球北纬接近极地的冰天雪地里生长着一种极为美丽的白狐，冬天来到以前就要把长大不久的幼狐驱赶出家门，让它从此独自觅食，学会生存。我看过学者们拍过的那部片子，许多年之后，怎么也忘不了幼狐在茫茫冰原上孤独的嗥叫，以及那只母狐走走又回头、走走又回头时眼睛里流露出的那种凄伤而又决绝的神情。

实际上，在腾冲人世代"走"的生存方式中，已经建立起了整个社会"走"的生活观念和社会习俗，创造了一种"走"的文化。他们最早认识到，商品经济的本质就是流动。只有流动，人的观念才能产生相适应的调整，从而才能促使整个社会的开放与发展。

智慧的腾冲人实在是把握住了扩大自身空间、增加人生机遇的要诀。■

有小亨達周卹鄭
德皆大高祖下諸孫
者人孝悌八侯五
寓家亭堂不肯載帝河
與此國長者聞長
者鄉人廢

和顺《阳温暾小引》
一部早年云南山里人的"出国必读"
Feature Story —— A Rare Must-Read Used by the Mountain-Dwelling
Yunnanese of Old Times Who Wished to "Go Abroad"
From HeShun (Yangwentun)

云南人在缅甸

我说的云南人在缅甸,当然是百年前或几十年前的事情。

在20世纪20、30年代,郭沫若、徐志摩等人写过一些华人在国外生活的作品。进入80年代以来,由于国门的再一次开放,又时髦了一阵"留学生文学"和"洋插队文学",那时的电视连续剧《北京人在纽约》《上海人在东京》风靡一时,这些包装精美、炒作热闹的作品,多少有些知识分子的居高临下、主流话语的洋洋得意。而百年前这部云南人在缅甸写下的这篇"小引",实录的是大多数人出国后首先必须面对的最基本的生存与挣扎,写书人有意无意地忽略了成为巨富和大商人的梦想与诱惑,使"小引"具有更真实的平民化色彩。作者在其中曾发出这样

当年在缅华侨的旧照。

振聋发聩的声音：

"吾乡中　住瓦地（缅甸）　福一祸九

　　只消看　阿瓦城　土冢坟丘"

读着这本"小引"我们不仅能强烈地感受到中国传统文化和传统伦理道德的力量，更加珍贵的是，它为我们提供了一幅幅当年华侨在缅甸生活的真实场景。

"到瓦城（今缅甸曼德勒）你去把　某人来就

尚附他（方言：求求他）找与你　一个门头

年轻人　切不可　性高气抖

结交人　切不要　心高气浮

……

见长者　要恭敬　徐行在后

凡说话　莫高声　气性温柔"

在腾冲，几代人经商的黄槐荣先生告诉我

中缅组成的家庭。

们，虽然有人把珠宝商称为"万商之首"，但腾冲的商家历来不把做玉石生意的当做正经生意人，因为玉石生意有太多的赌博性质，被称做是"猪尿泡"生意，说大就大，说破就破。在当地受到敬重的是到了国外正正经经学生意，又后来靠自己的勤苦发达起来的人。腾冲商会的会长杨之增先生就和我们谈起过他的父亲10多岁被送到缅甸学生意"受夹磨"的经历：头两年基本上是老板的勤杂工、保姆，从店面上扫地抹桌子到帮老板娘煮饭、洗菜、带娃娃、洗屎尿布、给客人点烟倒茶，你都得毫无怨言地从头学起。比如客人到店里敬烟时都有一定的讲究，当时流行抽一种铜制的水烟袋，抽烟人一般左手执水烟袋，右手执一种土纸搓成的火捻，敬烟时，要装好烟丝，点好火捻，两手交叉着恭恭敬敬递上去，这样客人正好用习惯的方式接过烟，否则就要受老板的教训。要打要骂要罚你只有默默忍耐。早上开店门你起得最早，晚上上铺板，收拾店内的杂活，你必须睡得最晚。而且第1年还只能睡柜台，第2年睡货柜，第3年才能睡床铺。刚进店时老板娘会给你做一件裑子，也就是现

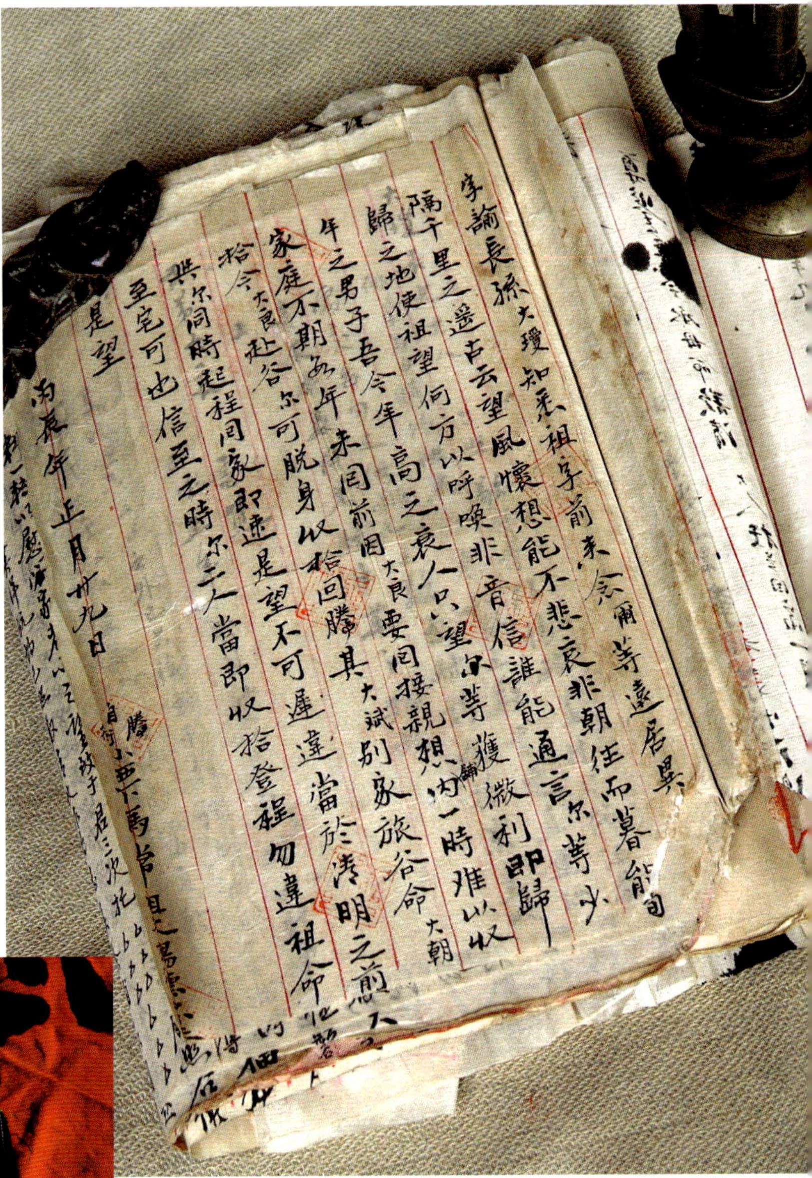

当年和顺出门人
学习英文的笔记本。

马帮令旗。

东南亚铸造的驮铃。

在叫的工作服,可那褂子是没有口袋的,怕的是你偷拿店里的钱物。老板也会经常对你这些小学徒进行些小小的考验,比如,晚上算账时他会装做有意无意地掉几个小钱在地上或柜台边,看你第二天是否会如数拾来还给他等等。到了三年或是五载,老板娘在春节或过小年时又会送你一件新褂子,那时你会发觉褂子上已有了口袋,这时也就说明老板承认你是他的店员了。"小引"中对这段生活这样写道:

"学夷话(学外语) 要留心 常念在口
 学写算 要时刻 记在心头
 做生意 要公平 不欺老幼
 切不可 使尽了 奸巧计谋

挂账簿　要留心　以免遗漏
放外账　要脚勤　时刻催收
卖货物　要分清　贵贱好丑
有起跌　要打算　当卖当收
……"

据调查，当初从滇西走出去到缅甸的人，绝大多数从事以下几类职业：一、当杂役、店员；二、摆地摊或肩挑小贩；三、玉石厂、宝石场或银矿的矿工。当然也有以后成了巨富和大商人的，但他们几乎都曾有过辛酸的历史：

"做生意　费心力　思前想后
或买货　或卖货　时刻筹谋
或手艺　或帮人　不住跑走
天气热　只晒得　汗水长流
起五更　睡半夜　谁人怜佑
……
当号爷　多由那　伙头出首
大丈夫　原要会　为刚为柔
运不来　要当思　守时耐久
……"

"小引"为加强劝戒世人，鼓励人们在国外取得成功，以回乡为家庭建立基业的作用，在文中还列举了出门人应做到的"九戒"，而在这些劝戒中又数"戒嫖、戒吹鸦片、戒赌博、戒懒惰"写得最为形象、生动。在戒"柳巷花楼"里作者这样写道：

"烟花巷　虽说是　中外皆有
比不得　阿瓦城　容易应酬
一钱银　就中了　状元魁首
进十场　有九场　名扬九州"。

进烟花柳巷的人名声很坏，凡是有此劣迹的人很快就会在同乡之中广为传扬，更糟糕的是虽说花很少的钱，但染上性病的概率很高，很容易就"中了状元魁首"，这里指的是患上梅毒病的杨梅大疮，也有将之称为中了"榜眼""探花"的。在当时的医疗条件下，得了那种病就跟现在得了艾滋病差不多，很难治愈。对那种惨状"小引"中也有描述：

"倘若是　染着那　杨梅疮疱
众亲朋　定将他　逐赶下楼
独一人　卧床上　好似停柩
送茶饭　用笔笞　远远送就
怕的是　闻着他　那点气臭
此才是　无人孜　独坐罪因
一见了　此等人　忙捂住口
远远的　就让他　好似有仇
在瓦城　中状元　真不如狗
……
人不成　鬼不似　好似活猴
成了那　无用人　如木之朽
一世人　从此去　概以罢休"

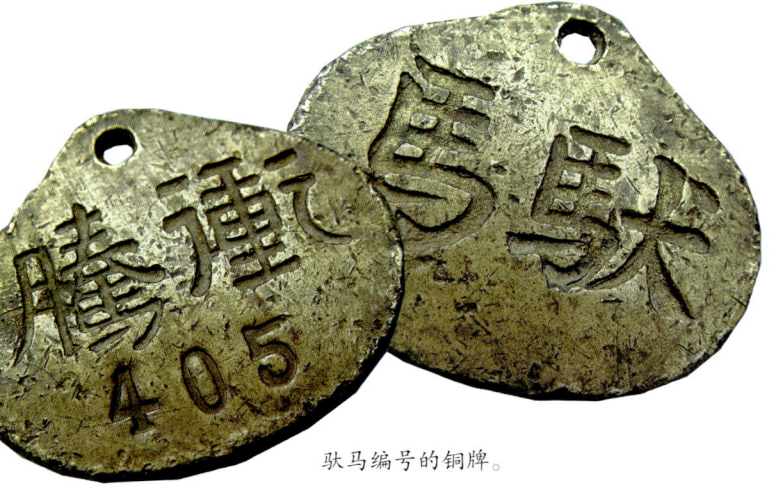

驮马编号的铜牌。

说到赌博,有人说中国人骨子里就有赌性。有种说法,位于美国沙漠中的赌城拉斯维加斯,起初就是由3个中国华侨在帐篷里开设赌场而逐渐兴起的。有数百年历史的赌城澳门,也是最先由一些中国渔民和葡萄牙水兵玩赌博游戏,而逐步发展成博彩业的,继而成为当今澳门的经济支柱,又被称"东方蒙特卡罗"。而百年前的缅甸赌风即十分盛行,瓦城街上的赌场十有七八是中国人开的,就连缅甸的王室也常常被吸引到赌场中来豪赌,有时竟连黄金珠宝翡翠及随身的首饰都拿出来做抵押。华侨中染上赌瘾的人也为数不少,甚至将数年的血汗一夜之间付之赌场的人也不鲜见,因此"小引"中这样唱道:

"……

又嫌那　做生意　长头将就
岂比得　赌钱人　本利两收
因此上　为赌钱　正路不走
为赌钱　将生意　一概全丢
在从前　虽说是　有赢时候
到如今　打字的　有出无收

……

出帖子　明明的　是一个狗
开时候　偏偏的　会是泥鳅
此一时　更觉得　通明彻透
为什么　解不开　其中原由
为打字　输钱的　十有八九

……

自古道　十个赌　九个干休
赢不上　几十文　拿起就走
到输时　急搬本　不肯回头"

走夷方的人并不是每个人都能实现自己的愿

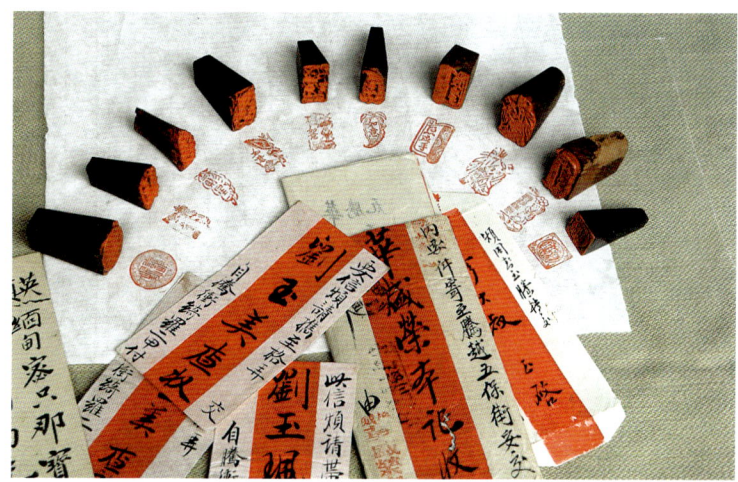

当年在外华侨与家乡的来往信件。

望和梦想，有的人并不是受制于客观环境，而往往是战胜不了自己，而懒惰就是其中的一种，这也许是人类天性中的一股孽根，作者在此也苦苦相劝：

"左一年　右一年　正事不谋
手艺人　做活路　怕动脚手
帮他人　做小伙（计）又说害羞
做生意　又不肯　时刻坐守
坐不上　半时辰　即把铺收
或闲游　或睡觉　午时到酉
不数年　把本钱　付之东流
……
这里耍　那里游　年深日久
舍家乡　如敝屣　一笔消钩
古言道　男子汉　莫为盗寇
百样事　可以为　有甚害羞"

当读到"戒吹鸦片"这一个章节时，我才明白借给我们书的那位老人为什么把这本"小引"叫做"吹烟书"了。"小引"一共790句，其中有120多句说的是吹鸦片烟的细节，还加上5段《五更调》散曲，字数约占了本书的四分之一。对烟民从富有到落魄，描写之细腻，之铺陈，之形象，之真实，是前所未有的。在20世纪初叶，鸦片的贩运一度成为云南财政收入的主要来源，赫赫有名的"云土"就是在云南边地种植和从东南亚各国运到云南加工集散的鸦片烟的总称。迫于中央政府的压力，云南的鸦片贩运虽然"几放几收"，秘密的走私和地下贩运始终没有断绝过。鸦片贩运的收入曾经成为滇军军备物资和军饷的主要来源。当年滇军清一色精良的法式装备，甚至已拥有火箭炮，这在全国的军队中是为数不多的。购买这些先进的武器和养活这支数万人的精兵，其中的财源大部来自于鸦片贩运的收入。地处怒江西岸的腾冲不仅是一个国际商埠也是一个鸦片烟的加工集散地，1922年至1942年，年集散量在30万斤之间，年平均价值在300万银圆左右，运销鸦片的商号就有100多家。当年省主席龙云的大儿子龙绳武就曾长期住在这里明里暗里督办鸦片的贩运，以为滇军筹集军饷。在采访中，一位老人曾对我们讲，绮罗乡就曾是烟土的加工地，烟贩们称这里的水好，滤出的烟土油褐发亮，因而抽鸦片烟的恶习在那时腾冲和缅甸是很盛行的。"文瑞记"商号老板钏注东有一个儿子，染上了吹鸦片的瘾，整天不务正业，游手好闲，还四处偷鸡摸狗地搞女人。钏注东一气之下就拿来了大量的鸦片烟恨不得让这个败坏门风的子弟抽废、抽死，别再给家里丢人现眼。"小引"中对当年腾冲的旅缅华侨在国外吹鸦片的生活有较为详细而精彩的描述，它展示给我们的是，吸食鸦片虽是一种陋习，但年深日久它已形成了一种畸形的文化现象：

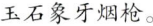

玉石象牙烟枪。

"有钱人 吹鸦片 算来不丑（还不太丢脸）
众列翁 请听我 细说根由
买烟时 不问价 只问好丑
若烟好 不惜价 多多买留
熬烟时 头底火 将它烤透
煮一次 煮二次 即把它丢
平床上 铺得来 四五寸厚
好被盖 好垫扎 绣花枕头
满牙枪 银鞍子 玉石吃口
玻璃灯 新式灯 各样搜求
铜沙斗 银门斗 墨石广斗
伞骨签 喜欢它 有刚有柔
好烟盘 上画着 飞禽走兽
上镶着 金银宝 海螺骨头
金烟盒 银烟盒 配成对偶
坝子油 烟子大 要点茶油

缅甸王宫里的悯东王夫妇塑像，他曾任用和顺人尹蓉为国师。

缅甸曼德勒依洛瓦底江边的土地庙，这里是华人最早上岸的地方。

翡翠大王张宝廷。

"好糖食　好果子　常摆左右
好糕饼　好糖食　十全药酒
酒饮后　又更换　香茗一瓯
唤添油　唤泡茶　不住叫吼
他身边　常不离　使唤丫头
……"

"不数年　改形家　好似活猴
嘴皮儿　好一似　黑漆染透
项子儿　好一似　铁打秤钩
头发儿　一并毡（方言：一砣砣）好似扫帚
脊背儿　似驼子　常把头钩
脚上的　肮脏儿　一寸多厚
衣服上　挂招牌　烟屎常流
白日里　不起床　似有疾疚

到晚上　点起灯　雄气纠纠
……"

"小引"中还说道：鸦片烟吹尽了"良田百亩""大厦高楼""房屋园圃""妇人衫袖""猪羊鸡狗""骑马耕牛"。抽鸦片最大的害处不仅是抽坏了身体，而且当人被鸦片烟瘾所控制时，还抽掉了用血汗积累的财富、抽掉了人的灵性、抽掉了自尊、抽掉了人格、抽掉了自信。

华人在缅甸开办的棉花厂。

张宝廷在缅甸和家人亲友的留影。

"无钱人　吹鸦片　实在更丑（更没面子）

　　请听我　一一的　细说根由

　　每日里　要往那　烟堂走走

　　烂席子　烂铺盖　土基（土坯）枕头

　　或明灯　或蛋壳　烟膏糊透

　　翻塘烟（烟渣子）七八次　还不甘休

　　一钱瘾　吹五分　本来不够

　　将烟子　闷下肚　紧闭咽喉

　　那烟子　丝厘毫　不容出口

　　忍着气　只挣得　眼泪常流

　　……

　　进烟堂　尽人使　全不知羞

　　尽人喊　尽人唤　脚不停留

　　好一似　烟堂中　养的走狗

　　不过是　奏合得　烟抽几口

　　……

　　点起灯　缩起脚　万事皆休

　　又有等　向老婆　常伸着手

　　倘若是　要不得　暗中去偷

　　偷钗环　和首饰　衣服彩袖

　　偷鞋子　偷裹脚　去换烟油

　　或扭锁　或开柜　如同贼寇"

据我读"小引"的感觉，和从书中所透露出的蛛丝马迹来判断，其中很可能融入了不少作者的亲身经历，才能使我们这些隔了近百年的人看得如此生动、如此难忘。在他的第5首散曲中这样写道：

"五更鼓儿终，鼓儿五更终，切搓琢磨要用功。忆当初，错把心思动。配合参茸歼烟虫。跳出苦海走蛟龙，此心血，愿与人人共。"

这些用血汗和泪水凝成的一幅幅画面，犹如照相的黑白底片深深地印在我的大脑里，那些日子常常搅得我整夜无眠，虽说"小引"中的许多用词还不那么准确，结构上也不太均衡，可其中的生活场景却是那么栩栩如生，令人挥之不去。也许是我的孤陋寡闻，但在中国近代的文学作品中确实很少有人能把海外侨胞底层人的生活写得这样生动、这样鲜活的。即使我们今天读起来，仍然有很强的劝世意义和教化功能，有很强的可读性和文学性。■

如今在曼德勒的和顺会馆。

会馆中的乡亲们。

和顺《阳温暾小引》
——一部早年云南山里人的"出国必读"
Feature Story —— A Rare Must-Read Used by the Mountain-Dwelling
Yunnanese of Old Times Who Wished to "Go Abroad"
From Heshun (Yangwentun)

女人们

有女莫嫁和顺乡　才是新娘就成孀
异国黄土埋骨肉　家中巷口立牌坊

——腾冲民谣

在腾冲的日子，尤其是走到那些华侨较多、男人们"走夷方"较多的村庄里，很容易听到这首民谣，各地只不过把地名代换了一下，如"有女莫嫁绮罗乡"等。"小引"中对在家的女人叙述比例较重，从开头的"二十四"孝，到母亲生养孩子、哺育成人、娶媳妇，直到当娘的将儿子送上"走夷方"的路的种种心态都有详尽描写，其中有一段这样写道：

"往瓦城　纵不久　也在数秋
你父母　虽有了　如同不（没）有
你的妻　望与你　百年相守
谁知道　似孤寡　独卧孤愁"

我们走在和顺乡窄窄的幽幽的用青石板铺成的巷道里，走进那些空空的但又像装满了许多故事的百年老屋中，坐在那些飞檐斗拱油漆斑驳而厚重异常的木门下，时常看到那些佝偻着

百年绝唱

Feature Story — A Rare Much-Read Booklet, the "Mountain-Dwelling Yunnanese of Past Times, Who Wished to 'Go Abroad', From the Stars (Yangwenshan)"

和顺《阳温暾小引》
——一部早年云南山里人的「出国必读」

缅甸，婆婆是个寡妇。一大座房子，两个女人，白天一点声气也没有，只听见早上开门木门"咯叽——"一声响，晚上关门"咯叽——"又响一声，一天总共响两回，有时听着听着自己都害怕起来。一开始过不惯，婆婆听见我哭，就说，哭哪样，盖起这幢房子的时候你公公就在外面发绞肠痧不在了，我守了23年了，连哭都没得人听，和顺的女人就这命！后来婆婆就教我纺线、织布打发日子，再后来有了娃娃，这房子里才有了声音，日子也才好过了一点。

有了小孩以后，养育孩子就几乎成了这些女人的全部生活内容，"小引"中写道：

"每日里　在房中　只把儿守
一把屎　一把尿　不嫌味臭
半夜哭　半夜哄　不敢闭眸
……
贫寒家　养儿女　辛苦尝透
哪一时　不带着　几分忧愁
……
忧的是　怕出门　独自行走
忧的是　无人领　间遇马牛
忧的是　爬高处　跌破手头

脊背踽踽独行的身影，在丝丝缕缕的白发飘动中，听到最多的是那些女人们寡居的往事……

由于男人长年出门在外，大多数女人白天守一口锅灶，晚上守一盏青灯，夜里听板壁下老鼠打架，打发着不知何年何月才能到尽头的单调乏味的日子。今年73岁的李老太太说：我17岁嫁人，结婚两个月男人就出门了。公公早就死在

忧的是　爬矮处　跌下阳沟

忧的是　怕着寒　伤风咳嗽

忧的是　遇歹人　拐往池州

更忧者　铁门坎　出花出痘

此乃是　小人的　生死关头"

养儿育女、独守空房，这显然是不太受外界关注的事，外乡人看到的是和顺、绮罗这些地方青山绿水，大瓦房层层叠叠，小日子过得相对富足，一般不愁柴米油盐，女人们穿得光光鲜鲜，脸蛋儿搽得喷香，就连卖脂粉针线的小贩也知道这里的女人手头有几个钱，总是挑着花花绿绿的担子往村里钻。在百无聊赖的时候，女人们有时也串串门或聚在巷口村头，洗衣亭前家长里短，叽叽喳喳，这常常也就引起了男人们的不满，"小引"的作者写道：

"别寨的　妇人家　纺织为首

吾乡人　爱的是　粉面油头

走东家　到西家　花麻料口

巧梳妆　怪打扮　全不知羞"

从现在的眼光看这当然是一种男权主义的批评，女人们这一点可怜的自由也受到社会舆论的鄙视，显然是极不平等的。这也表现出作者当时所受的社会局限。从另一个角度看，在当时以家庭为单位的农商经济中，物质并不富裕，大多数人是在生存线上挣扎，为了家业的建立和兴盛，女人更要紧的家庭角色是担当家里的积蓄者，勤俭持家，处处节约，所以在腾冲有"男人挑水桶，女人积水缸"的比喻。在家的"……妇女们　亦当积手　自古道　男人找女人积留"按照这种观点延伸下去，"小引"的作者对有些女人们在家使用"汇票"产生了这样的指责：

"钱用完　又请人　修书问候

望夫君　早汇来　不可停留

汇不到

当年经商号带到家中的汇票。

由家中　告借亲友

写汇票　到阿瓦　如数全收

也不管　在瓦中（缅甸）有与不有

也不管　在外的　怎样应酬"

这里所说的，一种是男人在外面汇来的"银票"，这是在家孤独的女人们与遥远的夷方的男人们惟一的联系，在外挣了钱的男人一般都把钱交给当地家乡商号的分号，女

人们收到银票后便可以到腾冲的总号去兑现钱。而"写汇票"则是另一种情况了。也许是那时候腾冲当地的一种"乡规民约"或"约定俗成",在家的女人没了钱,或急等钱用就可以到约定的商号上写一张"汇票"给在夷方的亲人,汇票上注明所需款项,商号当即就可以把钱预支给家属,以后再由在外的人按"汇票"上的数目将钱付给商号。这本是体恤和方便在家女人的一种措施,但真轮到那个女人自己去写"汇票"要钱时,除了手头的窘迫,多少也有一种难言的心酸。自然,这种钱要多了,就会出现"小引"作者所写的那种指责和埋怨。这种"风险"极大的用款方式,从另一个侧面也可看出当时腾冲民风的淳厚、乡情的浓稠与无欺。

关于在家的女人,我们听到更多的是"小引"背后的故事。

在家的女人们最怕的莫过于"送押书钱"的人了,"押书钱"实际上就是"报丧信"。绮罗乡的张天祝先生至今还记得那种情景,他对我们说:出门人不知什么时候就把命丢了,丢了命,多数人的尸骨是无法捡回来的,有同乡朋友帮把手挖个坑把尸体埋了,捡几件剩下的衣物包个小包托回乡的人或专送"押书钱"的人带回来。报丧的人一般白天不进村,等到黄昏天朦朦黑的时候,他手提一盏白纸糊的灯笼就进村了,一见这盏鬼魂一样的白灯笼飘进村子,家家户户赶忙关门闭户屏声敛气地躲在家中,生怕自家的大门会被敲响,这种时候莫说大人不敢出声,连娃娃也不敢哭闹,一个村子静悄悄的。突然一阵女人的哭嚎声从那家屋里传来,不消说,这个村又多了一个寡妇了。

很富有的人家也有把棺木遗体送回家乡安葬

村中曾有过许多这样的贞节牌坊。

如今村中依然可见的贞节牌坊。

的,叫做"发楸子"。送楸子的人披麻戴孝,手提白色的哭丧棒,20多个人轮流抬着棺木,前面拿哭丧棒的人提一盏马灯引路,人们认为阳间有白天,而阴间永远是黑夜,亲人沿路呼叫着死者的灵魂"过河了!""转弯了!""上桥了,回家的人要看好!",村里接"楸子"的女人常有一头撞昏在棺木前的,场面很是惨烈。

活寡妇的日子惨淡而凄凉,哪怕是在最有钱的人家也叫人齿寒。和顺寸如东家是腾冲有名的大户,寸如东的儿子讨了媳妇后便去缅甸做生意,23岁时害了"哑瘴"死在夷方。媳妇还未生育,家中族人商定让媳妇"守志"。家里按族规给她拨了一块"守志田",又给她盖了"守志房"以使她居住衣食无忧。20岁不到的寸家媳妇此生便不得再嫁。不得近其他男人,不得戴首饰,不得穿有颜色的衣服,长年在"守志房"中把斋吃素、诵经念佛。三五十年过去,寸家按允诺为她立了一块贞节牌坊,她的牌位也进了寸家宗祠。按这地方的规矩,女人如果改了嫁,即使生下了后代,她的名字无论如何也是进不了祠堂的。

和顺寡妇多,贞节牌坊也多。文革时代前,大大小小的牌坊立满了村头巷尾,白日的阳光下它们曾是宗族的骄傲,族人总是以极为恭敬

百年绝唱
——和顺《阳温暾小引》一部早年云南山里人的"出国必读"
Feature Study——A Rare Must-Read Book by the Maoshan-Dwelling Yunnanese Who Wished to "Go Abroad" From Yesteryears (Yongwenlun)

缅奶。

练,书法漂亮,认真一看落款竟是"剑川石禅老人赵藩撰书"。赵藩是白族的才子,在成都为官时曾在武侯祠里留下过"能攻心则反侧自消从古知兵非好战,不审势即宽严皆误后来治蜀要深思"的那幅广为传扬的名联。按说这块石碑够李家有面子的了,只是不知道谁家的父母生养了一个秀丽可人的小女儿,愿用她一生的明媚去换这块冰冷的石碑?也不知道哪个女人愿牺牲做女人的千种滋味,去享受这份死后的体面?

和顺乡的后面有一座坟山,男人的坟少,女人的碑多;许多墓碑面对着"隔娘坡"向南而立。我知道缅甸曼德勒(瓦城)有3座华侨的坟山,八莫有、九谷也有,在这些坟山上,走夷方

的语气讲到这些牌坊上的女人们,不知道在凄风冷雨的日子,在四周寂寂的暗夜,只有偶尔飞过的流萤在漆黑的野地里发出冷光时,这些冰凉麻木的石碑下,会不会有人听到女人嘤嘤的哭声与叹息?文革时期,这些牌坊都被"革命"革掉了,至今只看得见一些长满青苔的石脚。只有离乡公所不远的丁字路口还残留有七八方青石碑志,大约当年因为石碑镶进墙里砸起来太麻烦,所以还把那些女人们哀哀的故事留在了墙上。我们用清水抹净了一块石碑,青石上漠然地显示出阴刻的字迹:"清旌腾冲李节妇口口口建坊入祠纪事,十七新嫁娘,十九未亡人……血誓守节长斋……五十二年称完节……"。行文洗

古老的洗衣亭。

的男人的碑一面面都是望着腾冲老家向北而立的。倘若世间真有灵魂，这些南北相望的孤魂要见见面，想来也要走好远好远的路吧……

"小引"中有一段是劝男人们走夷方时，不要重婚，不要再找个缅甸女人做老婆，并历数了缅甸婆娘的种种坏处的章节：

"第二件　为安家　重把婚媒

老缅婆　果真是　害人精猴

传烟筒　传芦叶　甜言哄透

梳油头　搽粉面　把你来逗

落在那　迷魂阵　无人来救

……

有钱时　喊楚鸦（缅语：大老板）

幸（缅语：先生、尊称之意）字在口

话又甜　口又软　卖尽风流

……

找得钱　只够养　缅婆家口

父和母　妻与子　付之东流

……

无钱时　骂得来　实在丑陋

千奎谬　万奎谬（缅语：狗）

奎谬得由（缅语：华人狗）

一家人　上前来　一齐动手

用帕拿（缅语：拖鞋）　打嘴巴

踩上馒头（缅语：指头）

……

到晚来　她魂魄　支猫变狗

用特门（缅语：裙子）　盖着了　汉子的头"

乍一看上面的文字，讨个缅甸女人做老婆似乎很可怕，她不仅要哄你的钱去养她的家人，还懂得"胡萝卜加大棒"的战法，先来个甜蜜的，再来个狠毒的。其实，在生活中也许有这样的个别现象，但腾冲的大多数人和家庭却不认为找个外国女人进门有什么不好，在这方面他们宽容的态度让人有些吃惊。

"喏，这就是我家的缅奶。"张先生指着厅堂里的一张照片对我们说。相框很大，椭圆形的，透着种古色古香的典雅，但不是中国风格，相框里的妇人发形和服饰都属缅甸有钱人家的装扮。大概世纪初的照相技术很差，用光平，妇人的面部呆板但仍透着一种雍容和威仪。"我祖父到缅甸经商做玉石，讨了个缅甸的女县长，我父亲就是半裰子。" 腾冲人把有一半异国血统的人叫"半裰子"，意思和"混血儿"差不多。张先生身上有四分之一的缅甸血统，南洋人凹陷的大眼睛和汉族人挺直的鼻梁配在一起，他整个面部棱角分明，还明显地能看出远血缘后代的优势。在我们的采访中，这样的情况还不是一家两家，在很多的人家我们都碰到过。那是因为在腾冲

老辈人中，有几个不同国籍或种族的"奶奶"和几房"妈妈"的情况很平常，这种情形不惟大户人家有，一般平民家庭也有。对于不同血统的后代，他们一视同仁，并无偏见。说到"半裙子"他们会说起当年腾冲街上让人啧啧咂舌的"半裙子美人"，会说起聪明过人的"张半裙"。"半裙子美人"如今已香消玉殒。无意中我们却找到了我国近代名儒章太炎先生为"张半裙"写的传记：张成清，字石泉，云南腾越和顺乡人。父商缅甸，娶缅女，产成清，少颖悟过人，年十三归里读书，未三年，四书五经皆成诵……习英吉利、印度、野人、傈僳、百夷诸方语，悉通晓……"张半裙"早年由黄兴介绍加入了同盟会，参加反帝反封建运动，30岁时被英驻仰光总督暗杀于腊戍。

深入了几个家庭，我们才发现腾冲这种特别的家庭结构和走夷方的这种生存方式是有着密切联系的。基于汉文化的传统，走夷方的男人大多都在家娶有本地的妻子——"汉奶"，以保证家族能传宗接代，生衍绵延。男人们多年出门在外，其中一些人，便又在外面成立了一个家庭，在缅甸讨了个"缅奶"，或在泰国讨了个"泰奶"，在傣族地区的就带回个"摆夷奶"。一般情况下他们并不向两边的妻子和老人隐瞒真相。腾冲是老家，是根之所在，是一生的起点和归宿地，他们赚了钱自然是要先回老家盖房子，养活老家的妻儿的。但多年漂泊在外，生活无人照顾，感情无所寄托，在外组织第二个家庭能解决他们的许多实际问题。由于两地相隔较远，经济上也"摆得平"，两边的妻子也都默认了这个事实。比如，腾冲"汉奶"生的儿女长大了要出去经商，首先落脚的是"缅奶"的那个家，站住脚，然后再自谋发展。"缅奶"生的儿女本属中华的血脉，稍稍长大一般要回来习文读书，会做人的"汉奶"自然懂得如何好好待见；待到男人年岁已去，不再到外面漂泊了，便带着"缅奶""摆夷奶"回来归根，"汉奶"拿出做大的气度，几房奶也能和平共处，相安至老。这也许也是那个时代的一种特色吧。

绮罗乡李大人巷83岁的李和仁先生对我说，他36岁时开辟滇藏运输线，后被任命为茂恒商号驻拉萨分号的经理，曾和年轻时的阿沛·阿旺晋美先生一起打过麻将，一驻西藏10年。在那里他认识了日喀则的美丽的罗布启春，藏语意为"幸福的宝贝"。"这名字取得好，和人一样，真是个幸福的宝贝！"李先生很认真地告诉我。

罗布启春当年只有18岁，热情、贤淑而美丽，嫁给李和仁后几十年随他从拉萨辗转印度，又从缅甸到香港，最终回到腾冲，一直和家人相处得十分和睦。在绮罗李和仁家见到罗布启春时她正和"汉奶"的子女们一起忙着家务活，并不多插嘴讲话，一听说我去过西藏，便说起了酥油茶、风干牛肉和布达拉宫。听说要照相，她三下两下便换出了一套美丽的藏装。照片上的她如今头发已经花白，可还依稀看得出这位"藏奶"当年的绰约风韵，不知道她是否还在想念西藏那些美丽的雪山和林卡。

早年在印度时的罗布启春。

作者与李和仁及罗布启春夫妇。

进藏时的李和仁。

出于对女性心理的探索，我曾访问过几位"汉奶"，其中最年轻的一位47岁，她本人上过中学，丈夫是文革时期跑出去的，在缅甸讨了一个克钦族姑娘为妻，生有二子。坐在他们家自己新盖的楼房里，这位现代"汉奶"说，你想想，乍乍的去到那边，他人生地不熟的，连语言也不通，动不动就被警察山兵抓，人站不住脚就活不下去，他找个当地的女人，人家有当地的各种社会关系，帮他站住了脚；有个病有个痛的也有人端端水，拿拿药，照顾一下他的生活。再说他苦了钱，天天就是想着怎么千方百计带回来给我们，攒了钱就忙着回来盖房子，我该说那样？当然，有时候想起他外面还有一个女人，在同学面前就有点抬不起头，心里也不滑爽。家里的老人就告诉我，老腾冲这样的事多得很。我想想他在外面也怪难的。反正他说过了，腾冲

这个家是他的根基，是最重要的，他晓得将我安在哪个位置。

按常理，爱情总是排他的。特殊的生存方式形成了特殊的家庭结构，当生计成为头等重要的问题时，感情也就让到次要的位置了。

毋庸讳言，出门挣钱的男人，也有几个风流成性的哥儿，走到哪里哪里就有情妹妹，住在哪里便和哪里的女人结成露水夫妻。20世纪20年代，高黎贡山西麓走出去的腾冲人，在上海那个"十里洋场"上，也有讨了上海舞女做小老婆的人，在一本家庭相册里，我看到了相册主人在20、30年代给上海10余名当红的名妓和舞女拍的照片，在照片的边上还特意注明了他们的姓名和艺名，发挥一点想像力，也许我们不难编织出镜头前的女人们和镜头后的男人们的故事。可这在我们的采访中毕竟不多。■

和顺《阳温暾小引》
——一部早年云南山里人的"出国必读"
Feature Story —— A Rare Must-Read Used by the Mountain-Dwelling Yunnanese of Old Times Who Wished to "Go Abroad" From Heshun (Yangwentun)

楸子开花　游子回家

腾冲的老人告诉我，楸树开花的时候一般在春天，楸树开花过后，雨季就要来了，路就不好走了；楸树开花过后，田里的秧就栽下了，一年中新的农事又开始了。所以，当年那些楸树开花的季节，就是海外游子们回家的时候。

"小引"在末尾的一首近乎打油风格的诗中写道：

"人生何必利名牵，
客路风霜非等闲，
急早省身来故里，
一家和乐赛天仙。"

其实，整部的"小引"我看来看去都浸透着一个浓浓的"家"字。走出去，为了家；走回来，也是为了家；不赌、不嫖、不吹、不懒惰、不重婚、不奢华都是为了家！可见"家"是中国人生命中的一个支点，不管走出去多远都是为家。人类是家居动物，当一代代的腾冲人因为"走"而历尽艰险、吃遍苦头的时候，对有房有地、对安居乐业的向往，比任何时候都来得明晰和强烈。他们在外面辛辛苦苦赚回的每一文钱，省吃俭用地攒下的每一个铜板，就是为了回家。在家乡有了房屋和土地，使每一个劳苦奔波的人有了安全感、归宿感、成就感。就连

建在缅甸曼德勒的云南同乡会馆的门楣上都有着这样的楹联："彩云南现　紫气东来"；"黑水南来　同心共济　苍山东峙　回首多情"。

徜徉在腾冲城及周围的那些深宅旧院中，总使人有一种无限的惊讶与感慨，坐在墩实的木门坎上看着那些精美的廊檐门角，坐着坐着你就不想离开，脑子里是一片非常舒服的空白。你很难说清打动你的是什么？肯定不是豪华和富贵。要说豪华与富贵，当今那些星级酒店、大款豪宅、玻璃幕墙、铝合金、花岗岩、缎面墙布装修和拼贴起来的华浮景观够夸张和炫目的了，

可它没有想像力,感动不了你。这里的宅院有大有小,有高有低,那灰瓦、青砖、石墙给人一种平和、自然、舒适、含蓄的韵味;而那些百年不变形的木榫结构的梁柱、门窗无不透着做工的严谨与考究;出自剑川木匠手中的格子门窗图案,柱头木雕,门厦上"出角"的三重飞檐完全就是精美的艺术品;砌得最为考究的院墙叫"石榴米"清水墙,它是用敲凿得极为严整的大石头直接镶拼起来的,不用抹一点石灰,石与石之间相叠严丝合缝,连一根头发丝都吹不进去,你无法想像这是石匠们用手工一锤锤打出来的……观看着这些房屋的每一个细部,不能不承认这些宅院流露着一种"气派",不是"有钱"的气派,还有一种效仿与折射中国士大夫文化的气派,走出去发了财回来盖房的是富人,但远不是贵族。他们对士大夫的生活方式流露出的文化品味和精神情趣的向往,又把"安居"的梦从遮风蔽雨提升到一种崇尚"儒雅"的要求之上,这就是腾冲那些深宅旧院的审美追求。于是就有了稳重殷实的厅堂,有了对着荷塘的书房,有了遮住马厩牛厩的瓜果挂树的后花园,有了精刻着诗画的檐廊……当人们在走夷方的路上,把每个铜板、每个银圆紧紧攥在盐花汗水浸透的手心里的时候,腾冲人眼中幻化出来的就是如此具体而精致的"家园"梦。我终于明白,使我一次又一次走进那些古宅旧院,使我总是着迷的,实际上就是这些梦的不同版本。

经过游子们几百年的"游走",他们不但从马背上驮回了家园,而且驮回了一座完整的城邦。据20世纪初的有关记载,缅甸八莫、密支

那至腾冲的路上每天都有上万匹马在运输商品，城外拴马场上的马粪都积有2尺多厚。自晚清年间政府就在这里邀请英国人设立了海关，海关验货厅内堆放着大量待验的货物，棉纱每年不少于2万件，棉花、布匹、黄丝、石磺入市过境络绎不绝。城里还有一座"小月城"专营高档的珠宝玉器，紧接着还有一条"百宝街"，这里加工生产的红、蓝宝石、琥珀、玉雕远销海内外。晚清时期，曾到过这里的英国人美特福称：这里的商家"其人设肆，遍及滇省诸大城邑，远及缅甸各都市，而终于印度加尔各答。"对于腾冲的"前店后厂"的"百宝街"，他这样描述道："某长街为玉器行所开，玉石昼夜琢研不辍，余等深夜过之，犹闻踏轮转床，声声于百叶窗外，颇多女工。"口袋里有了钱的商人们，为了增大财富，纷纷办工厂，兴实业，洪盛祥商号在下关办石磺厂、茶厂、制革厂；茂恒商号在昆明兴办云茂纱厂；王绍武从香港购进卷烟机创办"名扬烟草公司"；董信成家买来织布机，开起了织布厂；"三光制革公司"、"光明火力发电厂"、电池厂、火柴厂、肥皂厂、印刷厂、中成药厂纷纷兴起。据1937年统计腾冲城内就有坐商1千余户，摊贩、行商800以上。面对一片昌盛兴旺的景象有诗唱道："昔日繁华百宝街，雄商大贾挟资来"。就连后来民国政府也看重了这块风水宝地，"中央银行""中国银行""农民银行"，云南地方的"兴文银行""矿业银行""实业银行""侨民银公司"都纷纷到腾冲来建立分支机构。一时间，这座古城又成了滇西的金融重镇。这种兴盛一直持续到1942年腾冲沦陷之前。甚至到了1950年腾冲县城仍有人口30余万，加上在国外

马帮驮来的日本瓷器。

的30万，就有60余万，相比之下，当时的省会昆明市不过40多万人口。可见那时腾冲地位的举足轻重。

当有了宅院，衣食无忧之后，崇尚汉文化的腾冲人最渴慕的仍是"儒雅"，而不是暴发户似

的挥金如土。"小引"中写道：

　　幼不学　老何为　如同禽兽
　　三代人　不读书　好似马牛

但是，创业的一代要重新读书做文人雅士是不可能了，最便捷的办法是用钱捐个功名，钱买来的衔头和官名都是空的，可叫起来却很响亮入耳。这虽然颇有些类似当今有些大款和企业家们出高额学费在大学里办个手续，胡混一个研究生、博士生的学历，再拿出去慑人的嫌疑，但它却从另一个方面表现了从这块土地上走出去的人对文化的仰慕，以及渴望沾染上点"书香气"的良苦用心。1996年我国有一份关于私营企业老板的调查报告中指出：老板当中有相当一部人在发迹之后不愿再提出他们的过去，隐瞒、篡改甚至编造过去的出身及某段历史。腾冲商人立业后在捐功名这一点上虽有不能免俗之处，但在对待自己的历史上则与现代的某些老板们大相径庭。尽管在这些乡村里，你一不小心就会钻进什么"大贡爷""某举人""某进士""某秀才"的家，尽管门楣上高悬着被烟尘熏得黑黑的"书香世荫""诗礼传家"等匾额，而上面的题字还都是历史上颇有分量的文化名人，虽然主人会因为你的惊讶显示出几分得意，但他们表现出的是更为自重的彬彬有礼，嘴上讲得最多、最具体的仍然是上辈人出身如何贫寒，又如何艰难挣扎到如今这个地步的发家史——永远为自家出自底层的奋斗精神自豪和荣耀。另外，也许是出自那句"财主无三代"的深刻教训。

"亦商亦农亦儒"是腾冲商人们心中向往的

来自美国的怀表、望远镜和办公用品。

家中的西洋瓷器。

镀金的德国莱卡相机。

民国代总理李根源先生与和顺乡的乡绅们。

回归田园的生活方式,"衣锦还乡"后的圆梦总伴着"达则兼济天下"的还愿。"兴家业,做公益,当名流",已经成为走出去找回几个钱的腾冲商人的世代传统。这种"赞助"的方式非常具体,村中的一条道路,河沟上的一座小石桥,宗祠里的房屋、牌匾,以及学校、图书馆、奖学金……

也许是受中原儒家思想的影响,他们最热衷的是兴办文化和教育。1928年商家寸仲猷、李清园、李秋农等人就在和顺办起了和顺图书馆,它也是中国近代史上第一家乡村图书馆。1929年商人刘楚湘在县城办起了图书馆。在广州、香港发家之后的张木欣也在县城办起了"木欣图书

寸氏宗祠。

和顺乡图书馆的门楣上有当年中国四个著名大学校长的题词。

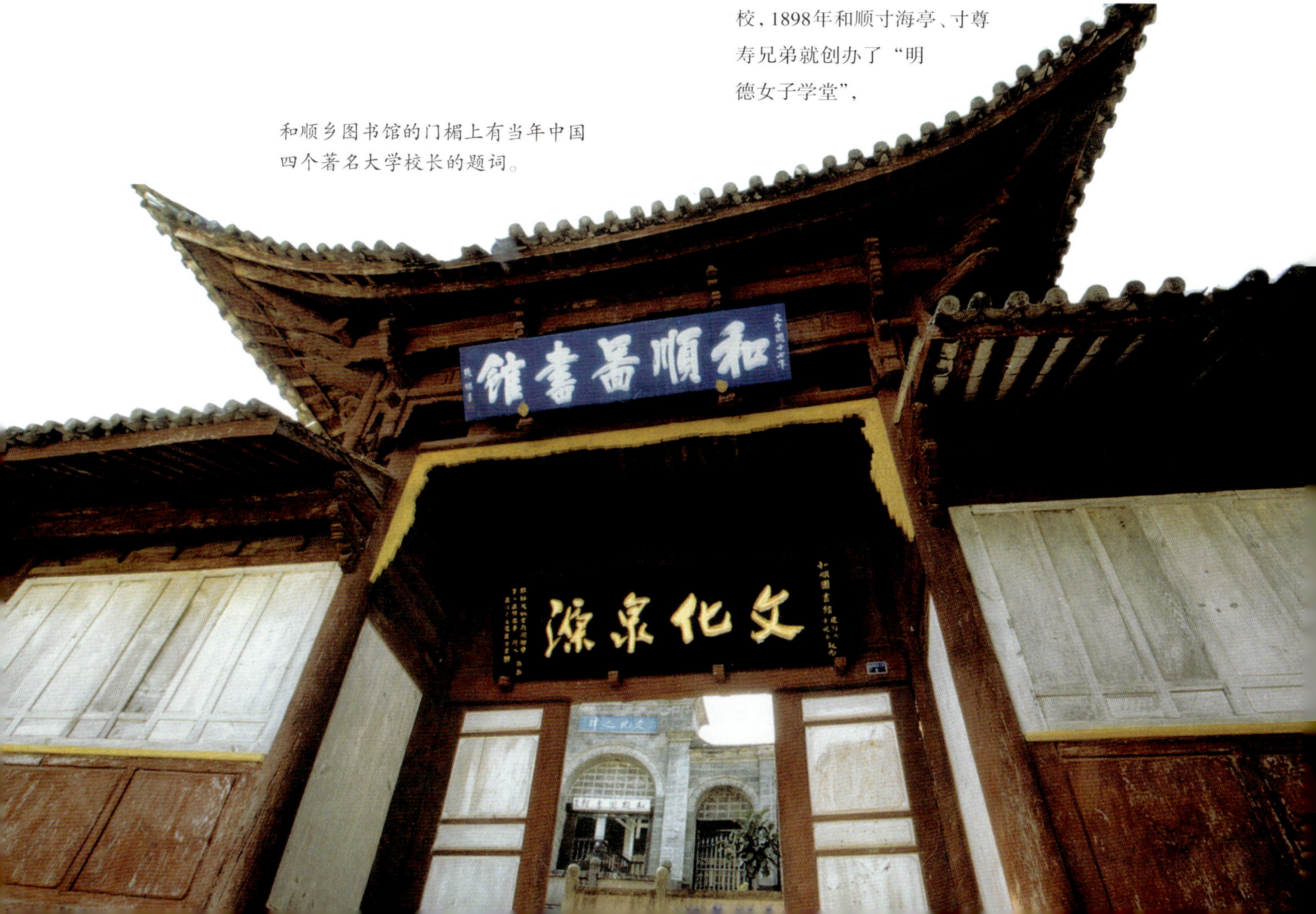

馆",而绮罗乡的图书馆则是由侨商们集资为家乡兴办起来的。30年代,他们甚至凭着和顺图书馆的一部收音机收听新闻,办起了《腾越日报》,这在全国当时也是不多见的。

我们走进有着池塘和石围栏的绮罗中学,有着三层飞檐的文昌宫矗立眼前,这就是绮罗的侨商们30年代捐资建造的。曾任过云南大学校长的寸树声先生与李启慈先生在30年代创办的著名的"益群中学"紧邻和顺图书馆旁边,旧址仍在,仿佛还使人听到当年的朗朗书声。有趣的是,回家的商人们还热衷于兴办女校,1898年和顺寸海亭、寸尊寿兄弟就创办了"明德女子学堂",

这恐怕在当时的云南也是绝无仅有的。1916年又出现了腾越女子高小；1931年李生庄创办腾越女子中学；富商钏文辉又创建了"文辉女中"；在这贞节牌坊林立的地方出现了那么多侨商捐资的女子学堂，真可谓一道耐人寻味的风景，也许这只有用商人们走出去开阔了眼界，或多或少地接受了西方文化的影响来解释吧。

早在民国初年，腾冲发了家的商人们就把167人送到北平、上海、昆明、大理等地的高等学府去读书；有39人东渡日本留学，由于较早地接受了新文化、新思想，后来出现了张文光、李根源、寸树声、艾思奇、张天放等一大批思想文化界的优秀人物。

钱不分多少、事不分大小，在回报家乡的过程中，重要的是对桑梓的一片诚意。比如修路，把村中一条在雨天泥泞不堪且掺和着牛马粪便的路铺上石板，让老人不再滑倒，让小孩不要跌跤，让挑水的女人一双脚干干净净地回家；钱多的人修长一点，钱少的人修短一点；手头紧的修两条石板那样宽的路，手头宽的可修3条石板那样宽的，讲究一点的就修5条石板还加排水沟的。日复一日、年复一年像绮罗、和顺这些村庄中的大道小巷都铺上了青石板路。1842年"三成号"出白银10万两，历经10年建起了潞江铁索桥；1926年董官村的董爱亭老人又捐银圆1.6万元修复了被土匪破坏的龙江区潞江江桥；人称"东董"的董耀廷兄弟也曾捐银3万修筑了一条从满邑到洞山的大路。辛亥起义捐赠粮草武器，抗战时期捐赠飞机，这种传统一直延续至今。文革时期被逼得跑到缅泰边境谋生的张孝威先生，在外辗转十几年，不知吃尽了多少苦头，等一开放回到家乡第一件事就是买了1千棵台湾杉树种到村后的中天寺；又

和顺乡乡刊。

当年驰名东南亚的益群中学。

约几个朋友捐修了村前荷塘中的"雨洲亭碑"……无论钱多钱少,事大事小,做事的人有一种报答父老乡亲栽培、乡梓土地养育之恩的心意,家人邻里也觉得是一种操守和美德。

漂泊在外,年迈的父母留在家中无法尽孝道,年轻的妻子守在屋里无法尽夫职,年幼的儿女嗷嗷待哺无法尽父责,这使很看重"儒道"的腾冲游子心里总有一种说不出的愧疚。于是他们便在那些依姓氏而建的巷道口修筑了一个月台,有的月台上还砌上半月形的照壁以护风水,月台周围还的古朴精美的石栏,左右各种上香樟树、石凳、石台一应俱全。月台的方向很有讲

究，冬可向阳取暖，夏可避暑纳凉。早晨老人可牵着孙儿来晒晒太阳，唠唠家常；傍晚乡亲族人聚在这里，凉风徐徐，树影婆娑，国家要闻、村中趣事，邻里讨亲嫁女的消息就像一则长长的"晚间新闻"准点播出，打发着缓缓逝去的寂寞黄昏。即使在今天，这也许仍然是最具中华特色最为人性化的社区建筑设计。

除了月台，在和顺乡还可以看到一道独特的风景，在那弯弯曲曲绕村而过的小河上，有一座座古朴美丽的洗衣亭，亭上有飞檐瓦顶，亭下有四围光滑的石栏、石沟、石板，清清的河水从石板上淌过，白鹅、青鱼在亭柱下悠游……这是出门的男人们专为在家的女人修造的"公益"，为女人们每日洗衣、淘米、洗菜时遮风避雨、挡太阳。它像男人宽宽展展的胸膛总想为女人遮风挡雨，总想全部装下女人的娇弱与委屈。出门的男人既为人子、为人夫、为人父，在外为全家谋衣食时还有许多放不下的牵挂，他们总想多做点补偿，多留给女人一些慰藉。走入洗衣亭就像走进出门男人的心，在汉子们的默默无言中去领受一份温婉的体贴、一份化骨的柔情与歉疚。

这种热心公益、奉献桑梓的价值观在"小引"中也有明晰的体现与概括：

"自古道　富与贵　眼前花柳
再加之　不义者　一似云浮
想人生　气和运　有好有丑
财本是　公众物　有散有收
你有如　留下那　银钱田亩
何不如　积些德　世代不休
世间事　原不假　概不虚谬
只有是　行好事　万古千秋"

和顺《阳温暾小引》
一部早年云南山里人的"出国必读"
Feature Story —— A Rare Must-Read Used by the Mountain-Dwelling
Yunnanese of Old Times Who Wished to "Go Abroad"
From Heshun (Yangwentun)

尾　声

"小引"的发现，不仅为近代滇西的跨国商贸史提供了有力的佐证，更重要的是它以"民间语言"的方式为我们描绘出一幅东南亚华侨生活的长卷，它无疑会具有较高的人文研究价值，更对我们一代代创业的云南人是一种鞭策、一种启迪。虽然这部"小引"看似"粗言俗语""民间野调"，但每次捧读它时，我都会有一种热泪盈眶的感觉，一种久久难平的澎湃的激情，我说不清为什么？也许是一种渗透在血脉里的和先辈们相通的东西。

据说，这本平实如话的"小引"写于白话文运动之前的道光年间，从文字上看作者肯定不属于那些言必"之乎者也"的秀才举人之类，他文化也不高，阅读对象也只是那些刚离开土地的农民们。通过字里行间的细细寻找从只言片语中透露出作者的面貌和写作这篇"小引"的动因：

"我本是　道中人　辛苦尝透
才把这　俗言语　劝劝众侪"
"做一盏　暗室灯　启我迷尤
造一本　迷津筏　渡上瀛州"

不知道当年上路历尽艰辛、出国吃遍甘苦、披肝沥胆地写下了"小引"的这位老人最后是否魂归故里？还是把尸骨留在了缅北那些被荒草淹没、墓碑永远向着中国的云南华侨的坟山上？浮生若梦，往事如烟，世上所有的名利纷争，终会化作一缕轻尘、一抔黄土，但普通人创造的历史会留下来，不知道写这篇"小引"的老人是不是早悟透了这一点，所以他不留姓氏也隐去了姓名。我以为，这也无需再去做什么考证，只要我们这些后来人能够记住：云南人曾是中国西南部一群激情的拓荒者，虽然历经约40年的封闭，而这份流淌在血脉里的豪气至今还没有消退，这也就足够了。■

溫峽村小引（即口頭鄉）

[illegible]

有錢，何須苦苦營求，莫[illegible]

男孫作業，以免書与小走。

世態更遷不古，吾門不肯向顯戚句

俚言歡衆傳，但願鄉人莫訛。

那盤古王分了宇宙。

前三皇後五帝虞夏商周

周天下八百載果算長久

漢高祖坐天下四百春秋

享年高享國長上天垂佑

小比大家比國。如同一傳

有德者富與貴子孫長久。

和顺《阳温暾小引》
——一部早年云南山里人的"出国必读"
Feature Story——A Rare Must-Read Used by the Mountain-Dwelling Yunnanese of Old Times Who Wished to "Go Abroad" From Heshun (Yangwentun)

阳温暾

（和顺乡）小引

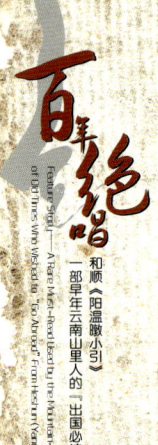

【西江月】（十字句言）

有感一首

百岁光阴有几，何须苦苦营求，
莫与儿孙做马牛，以免东驰西走。
世态更迁不古，出门不肯回头，
几句俚言欢众俦，但愿乡人莫诟。

自从那　盘古王　分了宇宙
前三皇　后五帝　虞夏商周
周天下　八百载　果算长久
汉高祖　坐天下　四百春秋
享年高　享国长　上天垂佑
小比大　家比国　如同一俦
有德者　富与贵　子孙长久
无德者　贫与贱　衣食不周
舜皇帝　耕历山　苦辛尝透
汉文帝　亲有疾　尝药心忧
有仲由　负米粮　百里奔走
曾夫子　母咬齿　不敢停留
汉黄香　尽子职　年纪尚幼
闵子骞　衣芦花　不敢怨尤
有剡子　披鹿皮　猎人怜佑
崔家妇　孝事亲　乳姑不休
有董永　卖己身　殡葬父母
有吴猛　姿蚊饱　以解亲忧
有陆绩　事亲孝　怀橘在袖
有王裒　闻雷鸣　到墓哀求
有江革　负母亲　避难逃走
有蔡顺　采黑椹　赤眉怜佑
有江诗　为母病　舍侧鱼游
有孟宗　求冬笋　上天罡默

有寿昌　为寻母　愿把官罢
有郭巨　愿埋儿　供养亲口
有丁兰　亲亡故　刻木报酬
有杨香　打猛虎　曾把亲救
有庾黔　为母病　尝粪心忧
有莱子　舞彩衣　亲开笑口
有坚廷　为太史　涤亲溺瓯
二十四　孝顺歌　留传已久
劝令时　为人子　当思效求
父母恩　好一似　天高地厚
在一日　孝一日　岂可远游
不得已　为家贫　不得不走
游有方　急早回　以解亲忧
我中华　开缅甸　汉夷授受
冬月去　到春月　即早回头
办棉花　买珠宝　回家销售
此乃是　吾腾冲　衣食计谋
为什么　到今日　不回故旧
出门去　把亲恩　付之东流
离家乡　十数年　还不算久
住瓦城　似登那　凤阁龙楼
舍家乡　如敝履　话不虚谬
住瓦城　纵不久　也在数秋
你父母　虽有子　如同不有

百年绝唱

和顺《阳温暾小引》
一部早年云南山里人的"出国必读"

Feature Story — A Rare Must-Read Liberty, the Maxim – Daxing Yunnese of Old Times Who Wished to "Go Abroad" From Heshun (Yongpingcun)

辫棉花
买珠宝
回家销售
此乃是
五腾衙
衣食
计谋

无子的	还不消	日夜耽忧
你的妻	望与你	百年相守
谁知道	似孤寡	独卧孤愁
我把你	父母恩	讲个彻透
生育苦	劬劳恩	细说根由
十月内	怀着胎	形容枯瘦
茶不思	饭不想	时刻耽忧
病恹恹	不思想	女工刺绣
昏沉沉	活懒做	懒把线抽
待等到	十月满	临盆之后
那时节	更加添	百般忧愁
怕的是	大限来	阴司路走
怕的是	阎君爷	来把簿勾
娘奔死	儿奔生	可不虚谬
此乃是	妇人的	生死关头
要等到	儿离了	娘身之后
那时节	无忧虑	才把心丢
做三朝	请月客	呼亲唤友
你的娘	在房中	好似罪囚
每日里	在房中	只把儿守
昼夜里	常换洗	几条裙绸
一把屎	一把尿	不嫌味臭
半夜哭	半夜哄	不敢闭眸
倘生在	富贵家	银钱广有

百年绝唱

Faraway Style——A Rare Maxi-Novel Reciting the Mountain-Dwelling Yunnanese of Old Times Who Would Go "go Abroad" From Xishan (Yongchang)

和顺《阳温暾小引》——一部早年云南山里人的『出国必读』

已身边　常不离　使用丫头　　　　到会说　到会走　一喜一忧
每日里　三支饭　丫环奔走　　　　喜的是　会说话　渐可引诱
到晚来　点明灯　梅香上油　　　　喜的是　会走路　母得行游
抑或是　妯娌多　心怀古旧　　　　忧的是　怕出门　独自行走
家园事　有他们　去帮应酬　　　　忧的是　无人领　闯遇马牛
若生在　贫寒家　米无升斗　　　　忧的是　爬高处　跌破手头
领着儿　睡床上　珠泪长流　　　　忧的是　爬矮处　跌下阳沟
任你哭　有谁人　管你好丑　　　　忧的是　怕着寒　伤风咳嗽
任你气　有谁人　与你分忧　　　　忧的是　遇歹人　拐往他州
娃娃哭　急忙忙　将乳喂够　　　　更忧者　铁门坎　出花出痘
出房来　哪顾得　露面抛头　　　　此乃是　小人的　生死关头
想吃饭　也还要　自己动手　　　　若遇着　年时好　出得清秀
无油盐　和柴米　自己应酬　　　　儿轻减　父母心　可以无忧
贫寒家　养儿女　苦辛尝透　　　　倘若是　年时恶　出得密痘
哪一时　不带着　几分忧愁　　　　父母心　好一似　打破孤舟
请先生　定四柱　子午卯酉　　　　儿身旁　哪一时　敢离左右
贵和贱　关与煞　细细搜求　　　　父母心　哪一时　不费思筹
倘若是　四柱好　关煞清秀　　　　许供花　许换水　许朝北斗
算了命　方才得　丢心一头　　　　愿行善　愿补路　愿把桥修
倘若是　关煞多　凶星恶宿　　　　早烧香　晚拜佛　不住叩首
或拜佛　或许愿　常把神求　　　　供斋食　烧钱币　常磕勤头
养子的　这苦楚　难以表透　　　　所忧者　怕的是　眼中出痘
再把那　扶育恩　细说根由　　　　更忧者　怕的是　出在咽喉
种稼时　不过是　常抱在手　　　　求名医　开丹方　无处不走

买药草　买果品　脚不停留
日不眠　夜不睡　通宵达昼
真果是　过一年　如过三秋
求天地　拜神灵　暗中保佑
痘痊愈　买三牲　报答恩酬
要等到　脱了壳　净澡之后
出了花　又于得　丢心一头
此乃是　二三岁　年纪尚幼
待等到　八九岁　另有思筹
幼不学　老何为　如同禽兽
三代人　不读书　好似马牛
弹棉花　纺线子　苦把钱奏
强送儿　去读书　才把师投
聪明的　不数年　诗书读就
伶俐的　不数年　读到春秋
真乃是　聪明子　人人夸口
父和母　心里乐　喜上眉头
若是那　愚蠢的　体态丑陋
纵丑陋　父母心　岂肯罢休
读了书　三五年　真真不就
那时节　莫奈何　才把心丢
有一等　生得来　将将就就
贪玩耍　他不习　正经门头
在学堂　不读书　与人争斗

惹得人　上门来　吵闹不休
又或是　邀约人　偷鸡摸狗
又或是　去荒郊　偷马盗牛
父和母　只教他　去把学就
那先生　只料他　有甚门头
自古道　一日三　三日成九
父母知　先生晓　岂肯罢休
先生打　不过是　学规贵究
父母打　动真情　怒结咽喉
虽贪顽　不过是　年纪八九
父母心　虽恼气　还有奔头
待等到　十岁外　二十之后
怕的是　年纪大　自做自由
那时节　也会去　结交朋友
那时节　好万事　也会应酬
倘若是　结交着　好朋好友
过相规　善相劝　声气相投
怕的是　不择人　不知好丑
近朱赤　近墨黑　会去效尤
又怕的　被万人　前来引诱
好一似　深潭里　设下钓钩
与人交　甜似蜜　手挽着手
或打数　或掷骰　不顾害羞
输钱人　他只为　赢钱起首

百年绝唱

和顺《阳温暾小引》——一部早年云南山里人的「出国必读」

讲一讲 离别情 分别之后
古言道 分离事 万般凄愁
数日前 不住的 叮咛勉谕
叫一声 我的儿 细听根由

书香世荫

天地君亲师位

请媒人　不住的　作揖拱手
买糖食　和乳膳　带礼要周
或骑马　或坐轿　诸事备就
跟随的　常不离　使用丫头
媒人去　又怕的　女家变口
得来了　口八字　才把心丢
请先生　合八字　子午卯酉
红八字　得来了　方才不浮
合得婚　才备办　耳圈宝扣
光阴速　又到了　标梅之后
自古道　男大婚　女大难留
择定了　好日子　良辰吉宿
请媒人　到女家　去把亲求
说媒时　媒已曾　夸下大口
到迎亲　只得是　苦苦哀求
过财礼　莫奈何　告借亲友
钱不就　方动了　祖根遗留
典房屋　卖地基　或典园囿
抑或是　卖山地　或卖田丘
前几月　订碗盏　又订吹手
雇轿子　还要雇　抬轿班头
买柴米　买菜蔬　油盐茶酒
少一样　也不得　买办要周
到如今　风俗变　不同古旧

输钱人　心儿里　百计营谋
倘若是　家富足　不致出丑
怕的是　家贫寒　去把人丢
自古道　奸近杀　睹近盗寇
子不肖　连累着　父母含羞
又怕的　好贪淫　猜拳吃酒
每日里　在醉乡　正事不谋
又怕他　恋女色　男女授受
落在那　迷魂阵　不知回头
又怕他　结交着　吹烟朋友
年纪轻　上了瘾　干筋瘦猴
又怕他　血气刚　好争好斗
动不动　就称能　雄气纠纠
又怕他　前世冤　窄路相逢
打死人　告到官　定做罪囚
受尽了　千般苦　披枷戴扭
父和母　只气得　吊颈抹喉
又怕他　没天理　大称小斗
又怕他　忘根本　偷马盗牛
以上的　慨都是　人生疾疚
父母心　无一时　不带忧愁
待成年　要为他　选亲择偶
自请媒　到了那　迎亲之后
不知道　费尽了　许多绸缪

百年绝唱

和顺《阳温暾小引》——部早年云南山里人的"出国必读"

Fantasy Song of Old Times Who Wished to "Go Abroad" From Heshun (Gongyatle, nt) - A Rare Must-Read Book of the Yunnan-Dwelling Yunnanese

骑马乘舟 无躲伴 切不可 独自行走

闹门面　爱的是　牌子虚浮
八大碗　平头席　还不合口
还要加　二三盘　山珍海头
说不尽　迎亲时　难以讲透
父母心　亦非是　可以无忧
殊不知　迎亲后　更难丢手
再把那　焦心处　细细搜求
焦媳妇　不会那　女工刺绣
焦媳妇　不会那　灶脑锅头
焦的是　不和睦　妯娌结仇
焦的是　好偷闲　东走西游
焦的是　好懒惰　门外闲游
焦的是　不知道　留前积后
焦的是　不惜省　柴米盐油
焦的是　不和睦　婚后离休
更望者　子生孙　承先启后
领孙男　和孙女　以度春秋
焦的是　无子女　断宗绝后
不焦心　除非是　闭了眼口
不焦心　除非是　死后方休
父母恩　果真是　天高地厚
为人子　念及此　岂可远游
吾腾冲　出门人　十有八九
任你说　任他讲　难以深留

讲一讲　离别情　分别之后
古言道　分离事　万般凄愁
数日前　不住的　吩咐勉诱
叫一声　我的儿　细听根由
非容易　扶养你　十七八九
要常时　把父母　记在心头
在程途　切不可　与人争斗
一路上　切不可　与人结仇
酸冷物　不可吃　十分忌口
以免得　生疾病　使我心忧
过夷山　要留心　凶恶野兽
最要者　要留心　骑马乘舟
无伙伴　切不可　独人行走
怕的是　遇歹人　反被来谋
到瓦城　你去把　某人来就
尚咐他　找与你　一个门头
年轻人　切不可　性高气抖
结交人　切不要　心高气浮
与人交　要交那　正经朋友
遇着那　不好的　切莫效尤
见长者　要恭敬　徐行在后
凡说话　莫高声　气性温柔
学夷话　要留心　常念在口
学写算　要时刻　记在心头

百年绝唱
——和顺《阳温暾小引》一部早年云南山里人的「出国必读」

见长者 要恭敬
徐行在後 勿說話
莫高聲 氣性溫柔
學夷話 要留心
常念在口

店老翠翡

真翠真色

百年老店童叟無欺

做生意	要公平	不欺老幼	听说是	夫出门	暗地忧愁
切不可	使尽了	奸巧计谋	枕边上	不时的	珠泪常流
卦账薄	要留心	以免遗漏	是姻缘	奴与你	才得配偶
放外账	要脚勤	时刻催收	生同床	死同穴	一竿到头
买货物	要分清	贵贱好丑	奴只望	与夫君	百年聚首
有起跌	要打算	当卖当收	谁知道	半路上	把奴来丢
第一件	切不可	吹烟吃酒	从此去	有苦甜	与谁讲究
第二件	切不可	懒惰闲游	从此去	家务事	有谁应酬
有花街	和柳巷	不可乱走	最要者	不可贪	外国花柳
切不可	效他人	赌钱抽头	老缅婆	望夫君	视之如仇
切不可	忘天理	大称小斗	吾腾冲	安家人	通明彻透
切不要	使奸巧	轻出重收	半达子	好一似	鹦歌猿猴
凡事务	要领教	贤达老叟	奴望夫	早回归	甜苦共守
切不可	自称能	自作自由	你丢奴	去一年	犹如三秋
做好人	自然有	上天庇佑	堂上的	公婆老	年纪衰朽
行好事	自然有	天地鸿庥	膝下的	儿女幼	谁是管头
得了利	莫深贪	即当脱手	家中事	奴虽然	粗知好丑
切不可	心不足	不知回头	纵能为	奴终是	一个女流
一二载	即速转	不可住久	自古道	一夜恩	夫妻情厚
纵去远	亦只可	四年三秋	百夜恩	好一似	海样深由
那一件	不叮咛	吩咐嘱透	说不尽	结发情	夫妻分手
为人子	念及此	岂可远游	念及此	亦当要	急早回头
又讲道	枕边事	夫妻分手	起身时	在堂中	忙忙叩首
提起来	出门事	气破咽喉	一家人	话难说	气哽咽喉

抛父母	别妻子	吞声独走	性命儿	交与天	无容自守
众亲友	同送到	官坡路头	身子儿	好一似	水上苹浮
官坡头	好一似	阴山背后	一路上	凶险事	明如窗牖
过此后	家中事	一概全丢	念及此	也不当	贪恋远游
别县人	示非是	不往他走	示非是	一概的	不肯回头
往的是	中华地	何等优游	示非是	一概的	贪恋他州
吾腾冲	往瓦城	辛苦尝透	为的是	风俗变	无人急救
最凶险	过夷山	时刻当忧	为的是	太奢华	心向虚浮
在从前	不过是	要些烟酒	於中的	坏事处	约有八九
或讲事	或要稍	阻住路头	你学我	我学你	一概效尤
到今朝	才算是	抢人贼寇	有钱的	贪心重	不知足够
动不动	就放抢	就使戈矛	有一千	想一万	不肯罢休
让不开	扎起营	两相争斗	古言道	儿孙福	儿孙自有
或打散	或赔事	才把兵收	为什么	常怀着	千岁之忧
也有那	围困到	数日之后	自古道	富与贵	眼前花柳
粮米尽	只饿得	口水长流	再加之	不义者	一似云浮
受饥饿	受风霜	面黄皮瘦	想人生	气和运	有好有丑
到八莫	又焦着	过水乘舟	财本是	公众物	有散有收
怕的是	船只小	木头腐朽	倘若是	天晴时	不肯去走
又焦着	过江边	遇着飘流	怕的是	直等到	雨水淋头
又焦着	遇大坡	躲着贼寇	你有如	留下那	银钱田亩
半夜里	不提防	来把人谋	何不如	积些德	世代不休
世上的	凶险事	虽则广有	世间事	原不假	概不虚谬
自古道	三分命	骑马乘舟	只有是	行好事	万古千秋

劝列翁	找得钱	即早回头
当抱着	古人言	勇返急流
有父母	得孝顺	无过无咎
有子女	得教训	和顺刚柔
一家人	得团圆	时常聚首
这才是	天伦乐	无焦无愁
又把那	无钱的	细细讲究
於中的	坏事处	有个来由
古言道	货高低	人分好丑
百个人	有百心	三教九流
或为那	贫寒家	无人怜佑
或为那	受苦困	难返故州
有一等	把俗言	常讲常究
非是我	不回去	有个来由
出门时	门坎低	容易行走
进门时	门坎高	实在害羞
因此上	数十年	不肯回头
亲望子	岂计较	有与不有
妻望夫	更欢喜	岂肯相仇
古言道	茶不涨	通移左右
回家来	又另找	一个门头
有一等	会买卖	生意盛茂
偏偏的	遇歹人	来把他勾
坏事处	非一件	约有八九

百年绝唱

—— 和顺《阳温暾小引》
一部早年云南山里人的「出国必读」

第一件最坏事 柳巷花楼
烟花巷 虽说是中外皆有
必不得 附近城容易应酬
一钱银就中了状元魁首

第一件	最坏事	柳巷花楼
烟花巷	虽说是	中外皆有
比不得	阿瓦城	容易应酬
一钱银	就中了	状元魁首
进十场	有九场	名扬九州
倘若是	染着那	杨梅疮疾
众亲朋	定将他	逐赶下楼
独一人	在床上	好似停枢
送茶饭	用笆笠	远远送就
怕的是	闻着他	那点气臭
此才是	无人救	独坐罪囚
一见了	此等人	忙捂住口
远远地	就让他	好似有仇
在瓦城	中状元	真不如狗
请想想	此项事	羞与不羞
倘若是	请着那	太医高手
不过是	受些苦	疾病皆瘳
倘若是	请着那	太医将就
把水银	用重了	钻进骨头
有一等	线坏了	耳鼻眼口
有一等	线坏了	脚手指头
有一等	线坏了	脚底通漏
人不成	鬼不似	好象活猴
成了那	无用人	如木之朽

一世人	从此去	概已罢休
着了手	不知悔	反把人诱
他说是	不消怕	有药易瘳
摆白话	背古今	翻足舞手
真果是	中状元	名扬九州
要等到	两脚伸	才肯罢休
劝列翁	未犯者	加上操守
曾行者	当猛省	急早回头
自古道	万恶事	淫为魁首
有心猿	和意马	紧紧快收
又惜钱	又惜福	又无过咎
不数年	定能得	回转故州
孝父母	教妻子	团圆聚首
一家人	无忧虑	何等优游
第二件	为安家	重把婚媾
老缅婆	真果是	害人精猴
传烟筒	传芦叶	甜言哄透
梳油头	搭粉面	把你来逗
落在那	迷魂阵	无人去救
好一似	鲤鱼儿	上了钓钩
有丈人	有丈母	要你承受
有舅子	姨老太	供养要周
有钱时	喊慈鸦	幸字在口
话又甜	口又软	买尽风流

百年绝唱

和顺《阳温暾小引》——一部早年云南山里人的"出国必读"

手艺人　又还要　勤脚快手
生意人　要会算　要会应酬
找得钱　只够养　缅婆家口
父和母　妻与子　付之东流
想回家　依然是　清风两袖
左一年　右一年　难返故州
无钱时　骂得来　实在丑陋
千奎谬（华人狗）　万奎谬　奎谬得由
一家人　一蔀来　一齐动手
用帕拿（拖鞋）　打嘴巴　跨上馒头
今也骂　明也骂　打骂已够
去官家　用些钱　把你来丢
又有等　色痨鬼　不知良莠
纳着了　卜死鬼　难得干休
到晚来　他魂魄　变猫变狗
用特门（裙子）　盖着了　汉子之头
想回家　又怕他　做与脚手
纳着了　此种人　难返故州
想吃穿　她才与　汉人配偶
好女子　她岂肯　来嫁得由（中国人）
劝列翁　第二件　莫安家口
惜省下　几个钱　早回故州
父母欢　妻子喜　团圆聚首
这才是　一家人　无虑无忧

第三件　吹鸦片　普遍宇宙
好一似　刀兵劫　来把你收
明明的　是火坑　偏要去就
上了瘾　才知悔　难以罢休
中国地　外国地　各处皆有
贫与贱　富与贵　贤愚皆周
有钱人　吹鸦片　算来不丑
众列翁　请听我　细说根由
买烟时　不问价　只问好丑
若烟好　不惜价　多多买留
熬烟时　头底火　将它烤透
煮一次　煮二次　即把它去
平床上　铺得来　四五寸厚
好被盖　好垫扎　绣花枕头
满牙枪　银鞍子　玉石吃口
玻璃灯　新式灯　各样搜求
铜沙斗　银门斗　墨石广斗
余骨签　喜欢它　有刚有柔
好烟盘　上画着　飞禽走兽
上镶着　金银宝　海螺骨头
金烟盒　银烟盒　配成对偶
坝子油　烟子大　要点茶油
好糖食　好果品　常摆左右
好果子　喜欢它　漫润咽喉

好糕饼	好糖食	十全药酒	头发儿	一并毡	好似扫帚
酒饮后	又更换	香茗一头	脊背儿	似驼子	常把头勾
唤添油	唤泡茶	不住叫吼	脚上的	肮脏儿	一寸多厚
他身边	常不离	使用丫头	衣服上	挂招牌	烟屎常流
过瘾时	约几个	知心朋友	白日里	不起床	似有疾疫
摆的是	龙门阵	曲尽绸缪	到晚来	点起灯	雄气纠纠
你三口	我三口	他又三口	任随你	家富豪	钱银广有
好一似	走马灯	刻不停留	不数年	吹尽了	父母遗留
不多时	又到了	霄夜时候	你一口	吹尽了	良田百亩
调口味	少不得	美味珍馐	你一口	吹尽了	大厦高楼
炒仔鸡	炒腰花	加上葱韭	你一口	吹尽了	房屋园囿
合口菜	第一的	薄片猪头	你一口	吹尽了	坟地山丘
小二碗	常不离	六七八九	你一口	吹尽了	妇人衫袖
摆齐整	下床来	才把枪丢	你一口	吹尽了	父母狐裘
才坐下	拿起筷	一齐动手	你一口	吹尽了	猪羊鸡狗
好一似	牢狱中	放出活猴	你一口	吹尽了	骑马耕牛
吹烟人	吃饮食	好似豺狗	但是物	都能进	小小风口
吹烟人	吃饮食	好似狼虎	这就是	吹烟人	好下场头
吹烟人	饭后瘾	十有八九	无钱人	吹鸦片	实在更丑
不吹烟	怕的是	饮食停留	请听我	一一的	细说根由
因此上	多吹到	通宵达昼	每日里	要往那	烟堂走走
不数年	改形象	好似活猴	烂席子	烂铺盖	土基枕头
嘴皮儿	好一似	黑漆染透	或明灯	或旦壳	烟膏糊透
项子儿	软一似	铁打秤钩	翻塘烟	七八次	还不甘休

一钱瘾	吹五分	本来不够	自己的	吹五分	尽可以够
将烟子	咽下肚	紧闭咽喉	他人的	吹几钱	还不甘休
那烟子	丝厘毫	不容出口	埋着头	吹的是	太平烟口
忍着气	只挣得	眼泪常流	吹一个	睡仙鹅	不肯抬头
急忙忙	拿茶壶	呷口到肚	吹到了	三五回	机关识破
父母叫	不肯动	还要愤怒	脚步响	吹熄火	假闭双眸
进烟堂	尽人使	全不知羞	到这家	不得吹	二家走走
尽人喊	尽人唤	脚不停留	他不管	路远近	天晴雨流
好一似	烟堂中	养的走狗	或人多	抹不上	何前等后
不过是	凑合得	烟吹几口	他不得	吹几口	死不甘休
家中的	衣和事	不在心头	此鸦片	可以定	人之好五
柴和米	也不管	有与不有	此鸦片	可以定	人之下流
吃淡饭	不计较	肉菜盐油	此鸦片	害得人	疏亲慢友
穿衣服	不顾惜	捉襟见肘	此鸦片	害得人	礼义全丢
只要他	将烟钱	整得到手	此鸦片	害得人	廉耻没有
点起灯	缩起脚	万事皆休	此鸦片	害得人	干筋瘦猴
又有等	向老婆	常伸着手	读书人	吹上瘾	不把学就
倘若是	要不得	暗中去偷	种田人	吹上瘾	误了耕收
偷钗环	和首饰	衣服衫袖	手艺人	吹上瘾	气力不有
偷鞋子	偷裹脚	去换烟油	生意人	吹上瘾	误了营谋
或扭锁	或开柜	如同贼寇	不吹烟	尽可以	供养家口
为吹烟	不和睦	结下冤仇	惜省下	此项钱	急早回头
又有等	小气儿	银钱广有	孝父母	敬哥嫂	团圆聚首
吹的是	下作烟	全不知羞	这才是	真快乐	无忧无愁

百年绝唱
和顺《阳温暾小引》——一部早年云南山里人的『出国必读』

Feature Story — A Rare Well-Heard Used by the Mountain-Dwelling Yunnanese of "Go Abroad" From Heshun (Yangwen'r)

倘若是
要不得暗中去偷
偷钱银和手饰
衣服衫袖
偷鞋子偷裹脚
去换烟油
或扭锁或开柜
如同贼寇多吃烟
不和睦
结下宽仇

一更鼓儿天，鼓儿一更天。是谁置造此鸦烟，不多年，中外传染遍。日难三餐夜难眠。骨瘦如柴病恹恹。此烟圈，害得人不浅。

二更鼓儿先，鼓儿二更先。吹烟子弟不值钱。瘾来时，若有不方便，眼中流泪口吐涎。无烟来吃叫黄天。有谁怜，只把当初怨。

三更鼓儿吒，鼓儿三更吒。枕上看花实可夸。拼此命也瘾上罢，今想它来明想它。日宿烟室未归家。唇似鸦片，把那招牌挂。

四更鼓儿敲，鼓儿四更敲。呼朋唤友引类到。祖遗留，田园吹尽了。父母怒挎妻子嘲。痨虫血食时不疗，这煎熬，越思越惆悼。

五更鼓儿终，鼓儿五更终。切磋琢磨要用功。忆当初，错把心事动。配合参茸歼烟虫。跳出苦海走蛟龙。此心恼，愿与人人共。

第四件	为赌钱	人人所有
自古道	十个赌	九个干休
赢不上	几十文	拿起就走
到输时	急搬本	不肯回头
生意人	当空手	古言说透
或现钱	或点货	不能停留
做生意	折了本	有人怜佑
一回找	一回折	本利全收
想找本	没有钱	只得抱手
做生意	无人扯	怎样营谋
又嫌那	做生意	长头将就
岂比得	赌钱人	本利两收
因此上	为赌钱	正路不走
为赌钱	将生意	一概全丢
在从前	岳说是	有赢时候
到如今	打字的	有出无收
输的多	赢的少	将人哄透
好一似	置窝弓	放下羊油
出帖子	明明的	是一个狗
开时候	偏偏的	会是泥鳅
此一时	更戳得	通明澈透
为什么	解不开	其中缘由
为打字	输钱的	十有八九
劝列翁	快猛省	急早回头

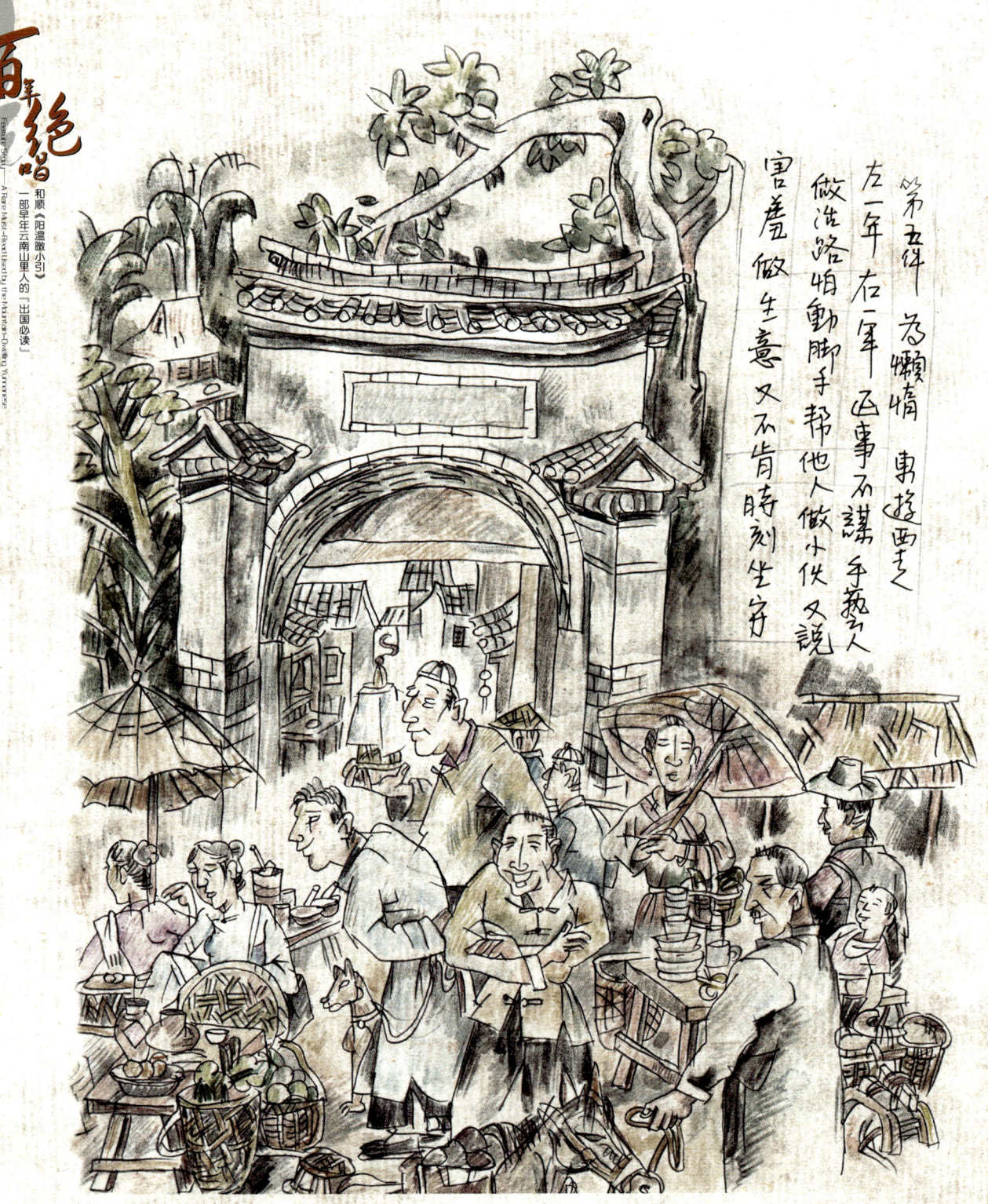

第五件 为懒惰 东游西走 左一年右一年正事不谋 手艺不人 做活路怕动脚手帮他人做小伙又说 害羞做生意又不肯时刻生穷

生意钱	血汗钱	才得长久
惜省下	此项钱	早回故州
一家人	笑哈哈	团圆聚首
也无忧	也无虑	也无焦愁
第五件	为懒惰	东游西走
左一年	右一年	正事不谋
手艺人	做活路	怕动脚手
帮他人	做小伙	又说害羞
做生意	又不肯	时刻坐守
坐不上	半时辰	即把铺收
或闲游	或睡觉	午时到酉
不数年	把本钱	付之东流
又有等	小生意	说他将就
大生意	又无本	难以营谋
这里耍	那里游	年深日久
舍家乡	如敝屣	一笔销勾
古言道	男子汉	莫为盗寇
百样事	可以为	有甚害羞
富与贵	皆由那	勤苦而就
哪一个	懒惰人	造就狐裘
当号爷	多由那	伙头出手
大丈夫	原要会	为刚为柔
运不来	当要思	守时耐久
想一想	我出门	为甚缘由

为的是	家贫寒	才把外走
要把那	家中事	记在心头
存好心	自然有	上天默佑
不数年	一定得	回转故州
以免得	父和母	时刻焦忧
父母恩	劬劳德	须当报酬
第六件	为吃穿	本份不守
闹牌子	耍门面	一概虚浮
结交的	都是些	酒肉朋友
上汤铺	进酒店	曲画绸缪
或一元	或八甲	顷刻消受
你请我	我请你	彼此相酬
莫乱话	些小事	何须讲究
自古道	积狐腋	可以成裘
布衣服	不合俗	以为丑陋
也不分	有与无	概闹丝绸
在从前	掌事的	老板魁首
那一个	效今时	概闹丝绸
精细的	数十年	还穿不旧
父传子	子传孙	得以遗留
布衣服	只怕是	披襟挂肘
又何必	费尽心	爱闹丝绸
穿与吃	若能够	效得古旧
将此项	枉费钱	积攒存留

百年绝唱

和顺《阳温暾小引》——一部早年云南山里人的"出国必读"

Feature Story — A Rare Must-Read Used by the Mianbai-Dwelling Yunnanese on Old Times Who Wished to "Go Abroad" From Heshun (Yangwendun)

第七件 回家去 不惜所有 起身时 买送礼
心裡思量 离家乡 别亲友 已经年久 多方要
买一颗终 肯回头 礼物轻 还说是 拿不出手

回家去	孝父母	喜动左右
回家去	教子女	快乐无忧
第七件	回家去	不惜所有
起身时	买送礼	心里思筹
离家乡	别亲友	已经年久
多少要	买一点	才肯回头
礼物轻	还说是	拿不出手
接礼的	亦非是	白白而收
或买肉	或买蛋	两家授受
你请我	我请你	彼此相酬
这家请	那家请	吃饭吃酒
亦不是	白白的	即肯罢休
待等那	酬答人	更在棘手
怕的是	请漏人	被人怨尤
请亲戚	请家道	还请朋友
八大碗	不合口	还加海头
在从前	请朋友	吃饭吃酒
或嫁娶	或春客	有个来由
到如今	风俗变	不同古旧
也不分	有什么	春夏秋冬
也不想	出门时	苦辛尝透
第八件	变风俗	仿去古旧
或嫁女	或娶媳	莫要虚浮
或人情	或拜仪	亲戚助佑

和顺《阳温暾小引》
一部早年云南山里人的"出国必读"

第九件 亦当积留
妇女们 自古道男人找
女人积留
别家的妇人家
纷织为首
吾乡的
爱的是
粉西油头
走东家到西家
衣麻料口
巧梳妆怪打扮
钱用完又清人
全不知羞
修书问候

自古道　园中菜　胜过珍馐
平头席　只要会　整得合口
无非是　换下功　彼此相酬
布衣服　若合身　只要清秀
胜过那　绫罗锦　各样丝绸
嫁女儿　无非是　择婚好丑
岂计较　礼物轻　周与不周
财礼轻　买妆奁　将将就就
女儿家　也不可　多要多求
嫁人家　望的是　长长久久
贫与贱　富与贵　前世所修
又讲道　竖房屋　或做生寿
空着手　去贺人　又说害羞
费了钱　去贺人　又不肯受
这风俗　不知道　何人为首
也不论　父母丧　有与不有
贫与贱　富与贵　一概效尤
吾乡中　奢华事　难以讲透
愿列翁　遵古训　莫向虚浮
免这些　奢华事　供养家口
以免得　常在外　父母焦愁
第九件　妇女们　亦当积手
自古道　男人找　女人积留
别寨的　妇人家　纺织为首

吾乡人　爱的是　粉面油头
走东家　到西家　花麻料口
巧梳妆　怪打扮　全不知羞
钱用完　又请人　修书问候
望夫君　早汇来　不可停留
汇不到　由家中　告借亲友
写汇票　到阿瓦　如数全收
也不管　在阿瓦　有与不有
也不管　在外的　如何应酬
嫁丈夫　原指望　百年聚首
当思想　出门时　苦楚忧愁
倘若是　勤纺织　供家养口
以免得　在外的　内顾之忧
今年攒　明年积　无有遗漏
不数年　一定得　整转回头
父子亲　夫妻顺　团圆聚首
以免得　守孤灯　独坐绣楼
以上的　九件事　传染已久
望列翁　爱风光　少往外游
吾乡中　往瓦地　福一祸九
只消看　阿瓦城　土冢坟丘
想缘由　吾腾冲　分别丁口
吾乡中　谅不至　如此虚浮
别练人　一家中　传有八九

做生意　思前想後
或買貨，或賣貨，時刻營謀
或手藝，或幫人，不住跑走，天氣熱
只晒得汗水長流，起五更睡半夜
誰人憐佑

百年绝唱
和顺《阳温暾小引》——一部早年云南山里人的"出国必读"

吾乡中　人与物　陆续折抽
此一事　自可知　出门好丑
此一事　自可知　祸福缘由
又兼那　勤俭的　才能富有
并非是　现成的　走到即收
做生意　费心力　思前想后
或买货　或卖货　时刻营谋
或手艺　或帮人　不住跑走
天气热　只晒得　汗水长流
起五更　睡半夜　谁人怜佑
在家中　谁人肯　如此应酬
在家中　谁如此　勤脚快手
一生的　穿与吃　又何焦愁
读书人　肯用心　将书读透
自古道　黄金贵　书中搜求
种田人　勤耕种　功夫用够
到秋来　自然得　加倍丰收
手艺人　用苦心　不停脚手
手技高　自然得　名传九州
生意人　能勤俭　赶街跑走
早晨去　晚间来　有何忧愁
在家中　能如此　勤脚快手
石头山　割茅草　也是门头
在从前　割柴的　十有八九

或二十　或三十　各有同俦
石头山　是吾乡　田园万亩
勤快的　数口人　衣食可谋
从先年　去得远　才割得够
在左近　没有草　概是石头
到如今　不消远　柴草深厚
为的是　无人割　兼没马牛
最害人　鸦片烟　捆住脚手
劝列翁　急猛省　赶紧回头
再把那　出门的　重言讲究
一概是　往家的　也难应酬
吾腾冲　田地少　而且薄瘦
有一个　好方法　献与同俦
两兄弟　分一人　往外游走
或者是　兄弟多　更难应酬
在家的　也不好　闲游背手
或往农　或工商　找个门头
第一是　年纪在　十七八九
年纪轻　学夷话　才会得周
往得了　三四年　即便回头
回家来　娶妻子　又再营谋
戒奢华　要节俭　承先启后
待等到　三十外　才往外游
那时节　家中事　可以脱手

有父母　与妻子　代为应酬
膝下的　儿和女　有人教诲
为人生　在世上　方才不浮
抑或是　常在家　团圆聚首
训儿孙　耕与读　世代传流
常言道　出门苦　在家福厚
又何必　常在外　百计营谋
我本是　道中人　苦辛尝透
才把这　俗言语　劝劝众俦
愿列翁　看此书　莫嫌浅陋
做一盏　暗室灯　启我迷尤
想人生　存天理　忠孝为首
戒邪念　存正道　何等悠游
本份人　自然有　上天垂佑
家发达　子孙贤　快乐无忧
行善事　善相报　古言不谬
学一个　完全人　世代名流
无数的　好格言　圣贤说透
只有那　为善的　万古千秋
将这些　粗俗言　申明重究
造一本　迷津筏　渡上瀛洲

百年绝唱 —— 和顺《阳温暾小引》一部早年云南山里人的「出国必读」
Feature Study — A Rare Must-Read Identity, the *Yantuendun Xiaoying* of Old Times Who Wanted to "Go Abroad" From the Shan of Yunnan (Gangenmen)

力行近仁　　中立不倚

家發達　子孫賢　快樂無憂　行善善事
善惡相報　古言不謬　學一個完全人世代名流
無數的好格言　聖賢說透　只有那爲善的
萬古千秋

【诗一首】

人生何必名利牵
客路风霜非等闲
及早省身归故里
一家乐和赛天仙

和顺《阳温暾小引》
——一部早年云南山里人的"出国必读"
Feature Story——A Rare Must-Read Used by the Mountain-Dwelling
Yunnanese of Old Times Who Wished to "Go Abroad"
From Heshun (Yangwentun)

生 意 锦 囊

　　合伴经营，勿谓开张之易；为商贸易，当思守铺之难。店中货物钱银，常宜提点；早晚门户火烛，最要关防。神敷庇佑之恩，香火贵乎诚敬；灶为一铺之主，当致殷勤。火烛勿点神阁，恐有不测之虞；干柴勿放灶唇，斯无失火之患。口角春风，务期留心扳客；至诚忠厚，不宜假意待宾。有客自当款洽，不宜吝悭；无客正宜节廉，奚容滥用？零油足盐，持家之秘诀；防饥御盗，未雨而绸缪。温柔以处众伴，和气生财；宽厚以待客官，有容乃大。唱弹博弈，固非生意之经；勤笔勉思，乃是营谋之要。日里不宜昼寝，恐误生涯；晚间切戒夜游，谁候门户？勿聚无益之朋，店中畅饮；勿招浪荡之子，铺里赌钱。谷米不可抛残，正法罪归家长；在铺常宜检点，勿徒倚信下人。椅桌器皿，不可纵横，地下灶前，四时洒扫。求全责备，殊非处伴之公；器使因材，斯为用人之道。算数务须复过，开单必要对明。店中伴众，不宜偏听谚言；各镇客繁，务宜择交诚实。老客孤客，不可顺情久留；违禁货头，不宜贪多堆积。雅丽管店，切不可请，恐犯鸡奸之条；长大丫环，切勿入店，须防狐媚之事。自己生意店中，或可住家；合伴经营铺里，奚容娶妾。客至则亲手捧茶，方为敬爱；客去则亲身奉送，乃见周旋。逊顺卑辞，谦卦六爻皆吉；度人推己，恕字终身可行。开价不高，必称货真价实；还钱虽少，不宜怒气生嗔。得水行舟，须知见利莫忘利；分泾辨渭，当念疑人勿用人。出货收银，交易最宜谨慎；迎宾接客，言谈要识机关。客性难调，所贵要将要就；人心最险，要念能放能收。谨小慎微，处世莫信中直；思前度后，交易须防仁不仁。李下瓜田，君子恒有嫌疑之避；玲珑数目，伙伴始无疑惑之心。贪赊虽则利深，尽为纸上富贵；现钱纵云利薄，犹幸血本无亏。随银出货，古云两现情长；宁让不赊，窃恐因赊断路。事贵随机应变，有时不得不赊者，只可宜少不宜多；账贵勤谨催收，倘或有防少欠者，自当宜急不宜缓。各伴所支家用，分文务要登明；客商所来贮银，每封即当注记。切戒四时借贷，有误置货不给之虞；首严密地挪移，致干损众肥己之弊。物当丰稔，采买须要从容；物值歉荒，落手何妨急速。布为衣之本，价钱可收；谷乃食之源，价平可籴。物无常价，当观旧年之居积有无；事以时通，再访各处之收成多寡。卖了乃恨，似乎放手太早；恨了方卖，翻嫌待价未沽。逆料货物之起跌，皆属人谋，焉能亿则屡中；须知财帛之虚盈，总由时命，何容搔首怨天。做作

务要亲工，不用己力焉得力，生意须循熟道，不识鱼名莫问鱼。持物人家，当思来路之明白；出言轻许，料知后日之难行。社正不宜滥做，出陈入新，难开数目于官府；仓谷切勿轻题，粜三存七，终始贻累于子孙。典铺切勿自开，窃恐铺租难获；当田须求兑佃，庶几田谷易收。赡学黌租，不宜轻买；蒸尝田产，须要查明。巧语花言，作中须求诚实；收回置业，有钱莫买半年闲。营业经年，契当投印，税归本户，国课早完。有铺不可租住家，怀胎之言难免；有田不可批大族，据耕之事堪虞。相打切勿近前，人推作证；衙吏不宜出入，事累牵连。骂斗挥拳，须知酒能乱性；枯精竭髓，谨防色以累身。骨肉失欢，为尊者须当先认错；乡邻相斗，有识者尤当早讲和。杯酒勤邀，消兄弟之谗间；冰霜自凛，止世俗之贪污。器具不宜奢华，免使人谈俗气；衣服但求齐整，慎勿好学时兴。桑麻不辍，何忧屡空之贫；嫡庶无偏，庶免萧墙之衅。挨亲而结婚，姻家须求知己；竹门对竹户，娶媳勿拣高楼。男大须婚，莫学无缰逸马；女长不嫁，恍同犯首私盐。救患扶危，行时时之方便；戒牛惜字，作种种之阴功。丫头使婢，常察饥寒；悍仆豪奴，不可纵肆。生意目前虽旺，尤当勉力殷勤；钱财目下虽兴，亦宜恪守节俭。各尽其职，毋致生嫌；各司其事，不令起怨。凡事好便宜，断难久处；举动常公道，便可长居。此皆日用之箴规，实为生意之要诀。■

百年绝唱
——和顺《阳温暾小引》一部早年云南山里人的"出国必读"

Farewell Song — A Rare Ballad by the Marma-Dwelling Yunnanese of Old Times Who Wished to "Jet Abroad" From Peshan (Yongmentun)

四月的一天,在乡间,

我们发现了一本古老破旧的手抄本,

它流传在通往东南亚、南亚的马帮路上,传抄在一代一代浪迹天涯的海外游子手中……

在云南滇西荒蛮的大山里,在南古丝路上这个遥远的极边古镇,出了许多雄商大贾,有被民国代总理李根源称为"海上称大王"的玉石大王,有赞助孙中山先生革命的老同盟会员、棉纱大王,有英国女王授予金质奖章的商界翘楚……

百年来,这些人手里都传抄着这本古老朴素的"生存读本",它活画出了当时的社会万象,它用民间最通俗的语言,教你怎样出门,怎样经商,怎样做人……

百年过去,重读抄本,它何尝不是我们今日创业成功的"经商宝鉴",闯荡天下的"寻梦指南"。

图书在版编目(CIP)数据

百年绝唱／保山市旅游局编．－昆明：云南大学出版社，
2004.12
（保山发现之旅丛书）
ISBN 7-81068-906-1

I.百... II.保... III.文化史－保山市 IV.K297.43

中国版本图书馆 CIP 数据核字（2004）第 138970 号

保山发现之旅丛书

百年绝唱——和顺《阳温暾小引》
一部早年云南山里人的"出国必读"

保 山 市 旅 游 局 编
云南柏联和顺旅游文化发展有限公司

主　编　许秋芳　王达三
王洪波　何　真　著
整体设计　毛　杰

出版发行　云南大学出版社
社　　址　云南省昆明市翠湖北路 2 号云南大学内
邮　　编　650091
电　　话　0871-5031071
责任编辑　赵红梅　张秀芬
开　　本　210×226　1/20
印　　张　19
字　　数　300 千字
印　　装　昆明（雅昌）富新春彩色印务有限公司
版　　次　2005 年 1 月第 1 版
印　　次　2005 年 1 月第 1 次印刷
书　　号　ISBN 7-81068-906-1/F·327
定　　价　全套 120.00 元（共三册）